書下ろし

羽《う》化《か》

新・軍鶏《しやも》侍③

野口 卓

祥伝社文庫

目次

羽《う》化《か》

一

「そんなことでは、とても二代目の岩倉《いわくら》道場主にはなれんぞ」

幸司《こうじ》は自分を励《はげ》ますようにつぶやいたが、一歩を踏み出すことができなかった。

番方の屋敷地が三の丸を背負い、背後の高い石垣の上に天守閣《てんしゅかく》が聳《そび》える城郭《じょうかく》は、見あげると人を圧するものがある。

北が絶壁で、西は人一人がやっと通れる急峻《きゅうしゅん》な尾根道となっている。東は堀と高い塀に囲まれた寺が集まった寺町で、敵襲があればたちまち砦《とりで》に早変わりする。ゆるやかな南斜面が番方を主とした武家地ということもあって、園瀬《そのせ》の城は鬼陣城《きじんじょう》の異名《いみょう》で知られていた。

山頂南西隅に天守閣、その北から東にかけて本丸、東に一段下がって二の丸、西に折れて三の丸、さらに下がって西の丸という配置だ。三の丸の下方が番丁《ばんちょう》で、番方の屋敷が集まっている。

番丁の、ある屋敷の門前で幸司はためらい続けていた。

門と言っても、耳門《くぐり》が付いて門番小屋のある屋敷門ではない。冠木門《かぶきもん》は藩士としては中よりも下となる。しかも父源太夫《げんだゆう》の一番弟子の東野弥一兵衛《とうのやいちべえ》の屋敷であれば、なにも躊躇《ちゅうちょ》したり臆《おく》したりすることはないはずだ。

しかし父の用でなく、幸司の個人的な、しかも父には知られたくない用向きなので、ためらわずにはいられないのである。

「なんとしても二代目にならねばとの自覚が足らぬのではないのか、元服《げんぷく》を控えておるというのに」

自分を鼓舞《こぶ》するのだが、門を入ることができない。弥一兵衛の妻女が「住めば都のお園《その》さん」の渾名《あだな》で知られた、直参《じきさん》旗本の出だというだけで威圧され、一歩が踏み出せないのである。

何度か会ったこともあるし、言葉も交わしている。と言ってもせいぜいが挨拶《あいさつ》であったが、江戸の女、旗本の出というだけで隔《へだ》たりを感じたし、仕種《しぐさ》や語り口に品格があって、幸司には眩《まぶ》しくてならなかった。

しかもこれまでは源太夫やみつ、弥一兵衛など、常にだれかが傍《そば》にいた。だが、今回は園と二人きりで話さねばならない。すると、自分がしどろもどろになってしまう姿が眼前に浮かんで、それだけで体が竦《すく》んでしまうのである。

田舎侍《いなかざむらい》が粋《いき》がっても仕方なかろう、当たって砕《くだ》けろと言うではないか。弥一兵衛に話を聞きたいのに、取り次いでもらうだけの妻女に気後《きおく》れするなど論外だ。

門扉を押して敷地内に入ると、胆《たん》を据《す》えるしかなく、覚悟が決まった。訪《おとな》いを告げると、衣擦《きぬず》れの音がして程なく園が姿を見せた。長身で﨟長《ろうた》けた婦人は、少年の目には目映《まばゆ》いばかりである。

来意を告げようとするまえに、先に声を掛けられてしまった。

「幸司どのではありませぬか。どうかおあがりください」

「突然お邪魔して申し訳ありません。実は教えていただきたいことがありますので、非番の日に寄せていただいていいかどうかを、伺いにまいりました」

「非番の日にはかならず道場に」と言ってから、園は思わずというふうに微笑した。「とんだ失礼をいたしました。道場では話せないのでお見えですのに、気が利《き》きませんでお恥ずかしい」

その明《あ》け透《す》けとも言える話し方は、園瀬の女にはないものであった。

詫《わ》びてから園は次の非番の日を告げた。弥一兵衛は五ツ（八時）ごろに道場に顔を出し、昼には切りあげることが多い。であれば八ツ（二時）に伺いますと伝えて、幸司は東野邸を辞した。

門を出るとおおきく溜息《ためいき》を吐《つ》いたが、春だというのに薄《う》っすらと汗を掻《か》いていた。

番丁のある堀之内《ほりのうち》から、ただ一本だけ大濠《おおほり》に架けられた大橋を渡ると、そこも武家地である。築地塀《ついじべい》に挟まれた敷石道を、何度か折れ曲がってから橋を渡った。右手に調練の広場を見ながら直進し、次の角を右に折れると、左手前方に二本の柱を立てただけの岩倉家の門が見える。

足音に気付いたからだろう、門内から武蔵《むさし》が駆け寄って来た。明るい茶色の毛をして、四肢《しし》の先と尻尾《しっぽ》の先端だけが白い。その白い尻尾をしきりと振りながら、まとわり付く。長崎遊学に旅立った兄の龍彦《たつひこ》が、市蔵《いちぞう》時代に拾って来た捨て犬である。

龍彦は下男の亀吉《かめきち》に武蔵の餌《えさ》と世話を託したが、幸司が引き受けた。亀吉は三十羽前後の軍鶏《しゃも》だけでなく、若鶏や雛《ひな》に掛かり切りで、とても手が廻《まわ》らないからだ。

「武蔵にはよく言っておいたが、犬にだって気持は通じる。かなり長いあいだ留守にすることはわかったようだ。これで安心して長崎に発《た》てる。それに、道場は幸司に任せられるので安心だ」

そう言われたからといって、継げるとはかぎらない。父源太夫のように、だれもが認める剣の腕と人望がなくては、道場主になれないくらい幸司にもわかっている。

かつて岩倉道場には、三羽烏《さんばがらす》と称された強者《つわもの》がいた。竹之内数馬《たけのうちかずま》、東野才二郎《さいじろう》、大村圭二郎《おおむらけいじろう》である。

弓組の次男坊だった数馬は、武具組頭の柏崎《かしわざき》家の婿《むこ》養子となり、その後、引き立てられ中老《ちゅうろう》にまで出世している。弟子の中では文武に秀《ひい》でた優等生だ。

才二郎は父の代でお家断絶となり芦原弥一郎《あしはらやいちろう》に拾われて若党となったが、後に家の再興が叶って藩士に復帰していた。その折、父の名弥一兵衛に改めている。

剣の腕が立ち、江戸から美人の園を連れ帰ったこともあり、若侍たちからは英雄視されていた。

大村圭二郎は父の冤罪《えんざい》を晴らし、一家を立てることを許されたが、出家して恵山《えざん》となり周囲を驚かせた。早熟な麒麟児《きりんじ》は、あまりにも早く人の世の虚《むな》しさを悟《さと》ったのかもしれない。

今の岩倉道場には、龍虎《りゅうこ》とか三羽烏、四天王と称すほど注目される剣士はいない。有望な若手は何人か居るが、その一人が岩倉佐一郎《さいちろう》である。

源太夫と先妻ともよの長男修一郎《しゅういちろう》の息子である佐吉《さきち》は、剣士として知られた祖父に憧《あこが》れて岩倉道場に入門した。十六歳で元服し、佐一郎と名を改めている。父の修一郎が御蔵番なので、現在はその見習いであった。御蔵番は三日勤めと言って、三日に一日だけ番所に出ればいい。藩校「千秋館《せんしゅうかん》」での学びは終えているので、稽古《けいこ》時間はたっぷりと取れる。源太夫の孫という血筋の良さもあるのだろうが、ともかく稽古量が多いこともあって、めきめき腕をあげていた。

実は幸司も、本人が感じている以上に注目されていた。現道場主の実子となれば当然だろうが、こちらも佐一郎に負けぬ血統の良さであった。さらに言えば、「千秋館」に通う時間を考えても、佐一郎と変わらぬ稽古時間が取れるのである。

周囲が特別な目で見るのは、もう一つおおきな理由があった。

二人の関係の特異さだ。

佐一郎は十七歳で幸司は十四歳だが、年下の幸司が年上の佐一郎の叔父《おじ》になるという、完全に逆転した未曾有《みぞう》の関係が生じてしまった。

先妻ともよとの息子修一郎と、後妻みつとの息子幸司は、親子ほど齢《とし》が離れているが腹違いの兄弟となる。そのため兄修一郎の息子佐一郎は、弟幸司にとっては甥《おい》であった。

さらにもう一組の珍妙な血縁も生まれた。

幸司の妹花《はな》がこの世に生を享《う》けて十日後に、佐一郎に妹布美《ふみ》が生まれたのである。わずか十日ちがいでしかないのに、花は叔母《おば》、布美は姪《めい》となってしまった。

もっとも二人はそんなことに関係なく、姉妹のように仲がいい。

それはさて置き佐一郎についてであった。

道場の壁には弟子たちの名札が掲《かか》げてある。上の段へ、そして右へ右へと位置を変えていく佐一郎だが、一つだけ兄弟子たちにからかわれて口惜《くや》しい思いをすることがあった。師匠であり祖父でもある源太夫の、秘剣「蹴殺《けころ》し」を見ていないことである。

源太夫は名うての剣術遣《つか》いとして知られた霜八川刻斎《しもやかわこくさい》を、「蹴殺し」で倒した。それからというもの、何人もの剣術遣いが挑んできたのであった。

竹刀《しない》や木剣の場合、源太夫は道場で弟子たちに戦い振りを見せたし、相手が「蹴殺し」を望めば応じてきた。果たしあいの挑戦を受けると、それを有能な弟子たちの何人かに見せもしたのである。

だが繰り出す技があまりにも速すぎるため、源太夫の動きを見ることができた弟子はいない。二人が動いたと思うと挑戦者が倒れていた、それが実感だったろう。何度も見て、その一部でも見えればいいほうである。

果たしあいとなると、いかに理由を付けても殺しあいでしかない。源太夫はいつしか虚しさを覚えるようになり、弟子に見せることをしなくなった。

佐一郎が入門したのは、源太夫が弟子たちに「蹴殺し」を見せなくなってからである。

異例の速さで席順をあげていく佐一郎は、兄弟子たちには天狗《てんぐ》になっていると映るのだろうか。だからなにかあると、師匠源太夫の「蹴殺し」を見ていないくせに、とからかわれるのであった。実際には電光石火《でんこうせっか》の早業《はやわざ》が見えていなくても、その現場に居合わせたというだけで、兄弟子たちは自慢する。

実は佐一郎も一度だけ、源太夫が「蹴殺し」を使う現場に立ちあったことがあった。

川萩伝三郎《かわはぎでんざぶろう》が七年の歳月を経て、古枝玉水《ふるえだぎょくすい》と名を変えて真剣勝負を挑んできたことがある。早朝七ツ半（五時）に並木《なみき》の馬場《ばば》で玉水を倒したとき、佐一郎は櫟《くぬぎ》の樹幹に身を隠して見ていた。しかし朝の早い時刻であったのと、十間（約一八メートル）ほどの距離があったので、ほとんど、いやまるでわからなかったのだ。

二人が同時に動いたと思うと、倒れた玉水が首から夥《おびただ》しい血を噴き出していた。佐一郎は源太夫の動きを、そして「蹴殺し」を見ることができなかったのである。

それが口惜しくてならぬ佐一郎は幸司を誘い、かつて若軍鶏と言われながら僧籍に入った恵山に訊《き》きに出かけたのであった。「蹴殺し」を何度も見ている恵山は、若い佐一郎の問いに可能なかぎり答えはしたが、言葉で伝えられることには自《おの》ずと限界がある。百聞《ひやくぶん》は一見に如《し》かずということだ。

熱心さに絆《ほだ》されて二度までは付きあったが、幸司は佐一郎の執拗《しつよう》さに呆《あき》れてしまった。「恵山和尚《おしよう》からは、これ以上は訊き出せないと思います」との理由で幸司が断ってからも、佐一郎は単独で何度か正願寺《せいがんじ》に恵山を訪ねたようである。

もちろん幸司にしても、父の編み出した秘剣がどのような技であるかを知りたいし、できるなら見たいとの思いは人一倍強い。だが見たいと思って見られるものではないし、見られるかどうかは縁《えにし》、運次第だと思っていた。

その機会に恵まれるかもしれぬ日のために、幸司は恵山和尚が圭二郎時代に名付けた投避《とうひ》稽古を続けていた。遠くからゆっくり、そして次第に早く、距離も縮めながら、繰り返し物を投げ付ける。それをひたすら避ける稽古に、日々励んでいるのである。

道場は任せたと兄の龍彦に言われたたし、血縁である佐一郎が道場で頭角を現してきている。そんなとき、幸司に新たな発奮《はっぷん》材料が加わった。

新弟子になったばかりの十二歳の戸崎伸吉《とざきしんきち》が、道場の名札で最上段の末席、三十五位である三郎助《さぶろうすけ》を負かしたのである。

源太夫の一番弟子の東野才二郎改め弥一兵衛が、初めて会った日に伸吉に打ちこみ稽古の相手をさせた。十二歳ながら十四、五歳に見える体格の良さに、初顔のお手前拝見との軽い気持だったのだろう。ところがすぐに、一段上の掛かり稽古に切り替えたほどの腕の持ち主であった。

なんでも父親の喬之進《きょうのしん》が、中途半端な状態で岩倉道場に入門しても潰《つぶ》されてしまう、最上段に名札を掲げられる力を付けてからにしろと、満を持して入門させたとのことだ。

三郎助を負かした伸吉に、幸司は三番勝負ですべて勝ったが、技の多彩さと鋭《するど》さにおおいに刺激を受けていた。

ある日、こんな遣《や》り取《と》りがあった。

「幸司さんは先生に、なにを一番言われましたか。というか、一番心に残っていることはなにですか」

であれば即座に答えられる。

「ほかの弟子には噛《か》んで含めるように教えているのに、おれにはあれこれ言ってくれぬ。ともかくよく見ろ、そして納得いくまで自分で考えるのだ。……それしか言ってくれん」

それを聞いた伸吉は黙ってしまった。考えているのだろうとそのままにしたが、一向《いっこう》に話す気配がない。耐えられずに訊いてしまった。

「どうした」

それでも返辞《へんじ》がない。

「どうしたというのだ」

いくらか強く言うと伸吉は幸司を見た。

「わたしもそうでした。まったくおなじことを父に言われたのです。すべての基本は良く見ることだ。技も、人の心も。そしてなにかを感じ、奇妙に思えば納得のいくまで考えるがよい、と。先生がそうおっしゃっただけでなく、父もおなじことを言ったのですから、武芸に励む者が、胸に強く刻みこんでおかねばならぬことなのですね」

二人はただ黙って何度もうなずきあったが、一気に距離が縮まった気がした。

そしてそれだけでは終わらなかった。伸吉が風邪《かぜ》を引いたので稽古を休ませますと、源太夫に伝えに来た年子《としご》の姉、十三歳のすみれに、幸司は心をときめかせたのである。

そのようなことが重なり、幸司は自分が次の岩倉道場主にならねばと、それまで以上に強く自覚するようになったのかもしれない。となると、自然に剣に対する心構えが変わったが、それだけに、ますます父の「蹴殺し」が気に掛かってならなくなった。

幸司が東野弥一兵衛を訪ねようと思ったのは、あれこれと教えてもらいたかったからだが、「蹴殺し」について訊くことも訪問の理由の一つであった。

二

幸司が園に話しておいたからだろうが、次の非番の日、弥一兵衛は五ツに道場に顔を出した。

中老芦原讃岐《さぬき》の右腕として実務をこなすようになってからは、時間のできた折に姿を見せるだけになっている。師範代を務めた男だけあって、てきぱきと稽古を付けていくのであった。

「登城日ですので、一等最初に稽古を付けてください」

弥一兵衛が神棚に両手をあわせ、道場訓を唱え終わるなり声をあげたのは佐一郎であった。御蔵番が番所に詰めるのは四ツ（午前十時）から七ツ（午後四時）までである。そのまえに半刻《はんとき》（約一時間）ばかり指導してほしいと頼んだのだ。

「よかろう」

片腕で何度か竹刀に素振りをくれてから、弥一兵衛は佐一郎に対峙《たいじ》した。

地稽古である。三種類ある内でもっとも上の稽古であった。

初心者やそれに近い者に対しては、打ちこみ稽古となる。上級者である元立ちが隙《すき》を作り、下級者である掛かり手がそれに乗じて打ちこむのだ。

ある程度の腕と認められると掛かり稽古で、これは打ちこみ稽古とちがって、元立ちはあまり隙を作らない。掛かり手が一方的に攻めて、元立ちがひたすら捌《さば》くのである。

地稽古はお互いが対等な立場で攻めあう。

佐一郎は、それだけ実力を認められているということであった。とは言っても力の差は明らかで、攻めも護《まも》りも、竹刀の捌きにわずかな差がある。この差がおおきいのである。

佐一郎の稽古着が汗で色変わりし始めても、弥一兵衛は薄っすらと汗を滲《にじ》ませているだけであった。

「よし」

弥一兵衛のひと声で、佐一郎は竹刀を左手に持ち替えて深々とお辞儀《じぎ》をした。

「ありがとうございました」

わずかにうなずいた弥一兵衛は、竹刀の先を幸司に向けた。

「はい」

指名されて元気よく返辞した幸司は、直立して頭をさげると、静かに竹刀を構えた。

弟子たちの多くは自分の稽古を中断して、弥一兵衛と幸司の稽古に見入っている。源太夫は常日頃、上級者の稽古や試合は、見るだけでも得るところが多いと言っていた。だから源太夫が稽古を付けるときには、弟子たちは板の間に正座して真剣に見入る。

かつての師範代と若手の有望株の地稽古となれば、弟子たちが注目するのは当然かもしれない。

「よし。そこまで」

弥一兵衛がそう告げたのは、やはり半刻ほどしてからである。

幸司が礼を述べると、弥一兵衛がわずかにうなずいたのは、「八ツに待っておるぞ」の意味であった。おなじく幸司も微かにうなずいた。源太夫やほかの弟子たちがいる所で、口にできることではない。

源太夫が指導し、あるいは見所《けんじょ》に坐《すわ》って稽古を見るのは朝だけであった。役目の都合で午後にしか時間の取れぬ者に頼まれるなどの、例外もないではない。

午後も稽古に励む弟子たちはいるが、源太夫は庭で鶏合《とりあ》わせ（闘鶏）や、若鶏の味見（稽古試合）を見てすごす。

幸司は亀吉といっしょに、筵《むしろ》を縦に二枚繋《つな》いで丸めた闘鶏用の土俵を作り、唐丸籠《とうまるかご》、線香や火種、また水などを用意した。

「少し出ますが、一刻（約二時間）か一刻半（約三時間）でもどります」

源太夫にそう言ったが、父はうなずいただけで「どこへ」とは訊かなかった。

「そう、かしこまることはない。庭を見ながら話そうではないか」

東野家を訪れた幸司は、家士の早瀬三五郎《はやせさんごろう》に表座敷に通された。当然、あるじが床の間《とこのま》を背に坐るものと下座《しもざ》に坐って待っていたが、すぐに現れた弥一兵衛にそう言われたのである。

向きあうより並んで坐ったほうが、顔を見なくてすむので話しやすいだろうとの配慮だとわかった。園にわざわざ断ったし、道場で顔をあわせていながら話さないで訪ねて来たとなると、緊張しているにちがいないと気を利かせてくれたらしい。

さほど広くない庭をまえに弥一兵衛は胡坐《あぐら》をかいたが、幸司は膝《ひざ》を崩さずに坐った。

「どうやら肚《はら》を決めたようだな」

軽い驚きとともに見ると、弥一兵衛はおだやかな笑いを浮かべている。

「今朝《けさ》は気迫が、今までとはまるでちごうておった」

「それで、おわかりに」

「ああ。ようよう味見が終わって鶏合わせになったと思うと、頼もしかったぞ」

「…………」

するとこれまでは、若鶏の稽古試合のつもりで相手をしてくれていたのだ。

一瞬の間をおいて、自然と言葉が唇《くちびる》を出てしまった。

「わたしはなんとしても、岩倉道場の二代目になりたいのです。いえ、ならねばならないのです」

「当然だが、そう意気込まずともなれるであろう」

「なれますか」

「ああ、周りもそれを望んでおるし、認めてもいる」

「ですがわたしは十七位か十八位、よくて十五位」

「十三位、とわしは見ておる。肚を据えたのだ、一桁《けた》にあがったかもしれんぞ」

「まさか。……としましても、上に何人も強い人がいます」

アハハハと弥一兵衛は豪快に笑ったが、笑い方から声まで、あまりにも父の源太夫にそっくりなので幸司は驚いた。

そう言えば父が、「師匠の齢《とし》に近くなると、次第に似てくるものだな」と苦笑したことがあった。師匠の日向主水《ひゅうがもんど》に、考え方や口調がそっくりになってきたと言うのだ。弟子はそれだけ、師匠の言動に注意しているということだろう。

「幸司は何歳に相《あい》なった」

「十四歳でございます」

「十四で最上段の中ほどであれば、十分すぎよう」

「ですが、上にまだ十何人も」

「焦《あせ》ることはない」

「焦っている訳ではありませんが」

「師匠が、つまり幸司の父上が前《せん》の師匠に、剣に真剣に取り組むよう言われたのが十六歳だったと聞いておる。十八歳で日向道場の筆頭となられ、江戸行きを推薦されたそうだ。江戸の椿《つばき》道場で励み、相弟子の協力を得てあの秘剣を編み出したのは、たしか二十四歳ではなかったか。聞いておろう」

「はい、聞いております。ですが、父からではなく兄弟子たちから」

「そういうことか」

「と申されますと」

「で、わしのもとに訊きに来たのだな。父上には訊き辛《づら》いし、訊いても答えてくれそうにない。その点、わしなら訊き易《やす》いし、師匠の息子にならら話してくれるかもしれん、と」

ニヤリと笑ったのは、気持をなんとか伝えたいとの想いが強すぎ、余裕をなくした心を解《ほぐ》してやろうとしたのだろうが、十四歳の幸司にはそのゆとりはない。言われたことが図星なので言葉を返すことができず、思わず頰《ほお》を紅潮《こうちょう》させてしまった。

「正直でよろしい」

そのひと言で、耳朶《みみたぶ》まで朱《しゅ》に染まってしまった。

「若いころはどうしても思い詰めてしまうが、今のままでいいのだ。なにも焦ることはないぞ。ただし稽古だけは怠《なま》けるな」

「もちろんです。励んでおりますし、これからもさらに励む所存です」

「それがいかん」

「ですが」

「肩の力を抜くのだ。力むと筋と肉に力が入り、硬くなってしまう。すると柔《じゅう》軟《なん》さをなくすし、疲れが早く出る。心もおなじだ。余裕をなくせば、広い心が持てなくなり、見えるものがかぎられてしまうからな。心と体は別物ではない。心と体は繫がっておるのだ。だから常に平常心を保ち、双方を良い状態にしておかねばならん。心がちゃんとしておらねば、体の邪魔をするし、その逆もおなじだ。わかるな」

なんとなくわかったような気がしないでもないが、ただ頭が納得せねばと、むりにわかったと思いたいだけだという気もした。

「わからぬか」

「ぼんやりと、わかったような気がせぬでもありませんが、ということはよくはわかっていないのだと思います」

「であろうな。わしの言ったことがそっくりわかっては、末恐ろしい。幸司はまだ十四の子供ではないか。大人ぶることはない」

「…………」

なにか言わねばと思っても、弥一兵衛に言われたことで混乱したのか、考えがまとまらなかった。

「先生が、幸司の父上が日向道場で首席、弟子の筆頭となられたのは十八歳であった。幸司は十四歳だから、まだ四年もある」

「四年しかありません」

「それがいかん」

「ですが事実です」

「しかたがない。話すとするか。でなければ幸司を納得させられそうにないからな」

　思わず弥一兵衛を見たが、相手は前方、庭の遥《はる》か先、園瀬の盆地の南に連なる山々を見ていた。いや、目を向けてはいたが見てはいなかったかもしれない。

話すとするか、とは言ったものの、弥一兵衛はかなりのあいだ黙ったままであった。

「わしは二十代の半《なか》ば、二十四であったが、その齢《とし》から二十九まで師範代を務めた。できたばかりの道場で、弟子の第一号ということもあったからだろう」

　東野家は父の代で家を廃され、当時才二郎だった弥一兵衛は、七歳で父を八歳で母を亡くしている。孤児になった才二郎を引き取ったのは、そのころは目付だった芦原弥一郎であった。才二郎は藩校に通わせてもらい、十五歳で元服すると芦原家の若党となった。

　岩倉源太夫が道場を開いたのは、才二郎が十八歳のときである。源太夫と親しい弥一郎は中老となって讃岐と名を改めていたが、藩庁から道場開きの許可がおりるなり、才二郎を弟子の第一号として申しこんでくれた。

「中老さまは役方としては有能な方であったが、武芸を苦手としておられてな。それもあって、わしは岩倉道場に入門するまで、まともに竹刀を握《にぎ》ったこともなかったのだ」

「まさか」と驚いて見せたが、それに関しては、幸司は父源太夫と話したばかりだった。

弟子入りした戸崎伸吉に稽古を付けた弥一兵衛が、新人とは思えぬ力量に顔付きを変えたのである。それが話題になったとき幸司は、かつて父が才二郎時代の弥一兵衛について、その稽古熱心さについて語ったことを思い出したのだ。

だが幸司が初めて聞くふうを装ったのは、それを弥一兵衛本人の口から聞きたかったからである。

幸司の思いなど知りはしない弥一郎は、いくらか照れ臭そうに続けた。

「先生はさぞや呆れられたことだろうが、親友の家来でしかも弟子第一号だ。竹刀の握り方から始めて、構え方、足の運びや摺《す》り足《あし》など、基本以前から教えてくださった。自分に心得がないのが負い目となったからだろう、わしは人の倍、いやそれ以上、稽古に励んだのだ」

父によるとそんなものではなく、ともかく凄《すさ》まじかったそうだ。

朝一番に来て道場の拭《ふ》き掃除《そうじ》をすると、出入口を掃《は》き清めて箒目《ほうきめ》を入れる。

そして弟子たちが揃《そろ》うまで、源太夫の教えた上下素振り、前進後退正面素振り、左右面素振り、跳躍《ちょうやく》素振りにひたすら励んだらしい。

しかも熱心な弟子の四倍も五倍も、稽古に打ちこんだとのことだ。源太夫はあきれ返ったように述懐《じゅっかい》した。

「ともかくあのころの才二郎は、休むことなくひっきりなしに稽古した。その辺でよかろうと言っても、まだまだの繰り返しでな、ふらふらになりながら止めようとせぬ。よし、いいだろうと言っても聞きはせぬ」

源太夫はしかたなく、才二郎の竹刀を叩き落とし、切っ先を鼻先に突き付けて止めさせたとのことだ。幸司にはとても真似《まね》できそうにない。改めて凄《すご》いと思うしかなかった。

「十八歳で初めて竹刀を握り、二十四歳で師範代ですか」

「それほど驚くことではない。できたばかりの道場だし、弟子の第一号という事情もあった。腕はわしより数馬のほうが上だったが、やつは有能で藩政の中枢《ちゅうすう》に参画しておったからな」

「ご謙遜《けんそん》を」

「十八歳で初めて竹刀を握ったわしに較《くら》べれば、十四歳で十位そこそこの幸司が、いかに凄いかわかるだろう。稽古は正直だ。励む者を裏切りはしない。だからなにも考えず、今のままを続ければよいのだ」

「ですが心が伴《ともな》わなければ、人を導き教えられる道場主にはなれないのではないですか」

「今でさえそれだけの気概、心掛けであれば、なにも案ずることはない。不言実行に徹《てつ》すれば、人はかならず付いて来よう」

子供のものらしい軽い下駄音が、門から駆けこんで来た。

「静かになさい、勝五《しょうご》。お客さまに笑われますよ」

園の窘《たしな》める声がした。

「お客さまって、だれですか」

「どなたさまでございますか、でしょう」

「どなたさまでございますか」

舌足らずな声が繰り返した。

「幸司さまがお見えです」

「幸司さま？　道場の」

「これ、勝五。父上と大事なお話中だから、邪魔をしてはなりません」

園の声の半ばで、柴折戸《しおりど》を押して勝五が庭に駆けこんで来た。

「幸司さま、こんにちは」

「こんにちは。いつも元気いっぱいだな」

「だって父上に、素振りをしてもいいと言われましたから」

弥一兵衛を見ると、照れていながら、どことなくうれしそうな笑いを浮かべている。

「木の棒を振り始めたのでな、悪い癖が付いてはいかんと、子供用の木刀を求めて与えてみた。やはり五歳は早すぎたかと、いささか悔《く》いておるのだ」

「ですが、勝五どのは大柄で、とても五歳とは思えぬ体格の良さですから。七歳でもとおりますよ」

「としても早かろう」

それを横目で見て、勝五は屋内に向かって声を張りあげた。

「母上、わたしの木刀を取ってください」

「そんなふうにはしゃいでは、幸司さまに笑われますよ」

言いながらも園はだめだとは言わず、すぐに子供用の木刀を持って現れた。

受け取るなり勝五は座敷のすぐまえの庭で、「えいッ、えいッ」と声を掛けながら素振りを始めたのであった。

そんな息子を、弥一兵衛と園は目を細めて見ている。

愛《いつく》しみに満ちたその笑顔を見て、幸司はしみじみと思った。今日の自分は弥一兵衛にすれば、真剣そのものの顔をしてひたすら素振りをする勝五と、なんら変わることはないのだろうな、と。

園と勝五が加わり、茶と菓子をあいだにしばらく談笑してすごした。

ほどなく幸司は東野家を辞したのだが、秘剣「蹴殺し」について訊き忘れたことに気付いたのは、岩倉家の二本の門柱が見えたときであった。

三

「先生、それに幸司どののもですが、お客さまがお見えなので母屋《おもや》に、とのことでございます」

四ツごろであったろうか、見所に坐って稽古を見ていた源太夫に、弟子の一人が膝を突いてそう告げた。

「相わかった」

幸司を呼んだ源太夫が道場の出入口に向かうと、待っていたのは花であった。

岩倉道場は藩主の九頭目《くずめ》隆頼《たかより》より、藩士とその子弟を教導するために与えられた道場である。女は入れないので、花は弟子に頼んで呼んでもらったのだ。

「人の来る予定はないはずだが、一体どなたがお見えなのだ」

「それはお楽しみに」

花は悪戯《いたずら》っぽく父と兄を見ると、母屋に向かって小走りに駆け出した。苦笑して続いたが、客人がだれであるかはまるで見当が付かない。

道場を出た二人は、頸《くび》の蓑毛《みのげ》を輝かせる軍鶏が入れられた、いくつもの唐丸籠が置かれた庭を抜けた。床几《しょうぎ》に腰をおろして軍鶏を見ていた権助《ごんすけ》が、ちいさく頭をさげた。その権助が作った瓢簞《ひょうたん》型の池で、魚が撥《は》ねて波紋が拡《ひろ》がる。

生垣《いけがき》に設けられた柴折戸を押して母屋側の庭に入ると、もどった花とみつ、それに客らしい人の笑い声がした。客は女、それも若い女のようであった。

気を遣う必要もなさそうなので、玄関からではなく庭から廻《まわ》った。

「すみれどのではないか」

入門してまだそれほど経《た》っていない戸崎伸吉の、一歳ちがいの姉のすみれであった。

「お邪魔しております」

「花に素晴らしい頂き物を」

みつがそう言って、源太夫と幸司に笑い掛けた。であればわざわざ呼びに来るまでもない。昼飯時にでも話せばいいが、みつになんらかの考えがあってのことだろう。

父と子は沓脱石《くつぬぎいし》から表座敷にあがった。

「ご指導中とのことですので、ご迷惑だと申したのですが」

「あまりにも見事なので、二人からもぜひお礼をと思いましてね」

弁解するすみれに首を振りながらみつが言ったが、その視線を追うと畳の上に一枚の紙片が置かれている。彩色された満開の桜の一枝が描かれていた。

源太夫は思わず手に取ったが、十輪あまりの咲き誇る桜花が、見え隠れする枝に華やかに、でありながらすっきりと配されている。しかも花弁の微妙な濃淡《のうたん》が、その柔らかな質感を鮮やかに見せていた。そして枝と、これから開こうとする縮まった新芽の緑が、花冠《かかん》をくっきりと浮きあがらせていた。

しげしげと見入りながら、源太夫は短い期間だが弟子であった森正造《もりしょうぞう》を思い出していた。道場を抜け出して、軍鶏の姿を映していた少年の絵に驚かされたことを、である。

源太夫が畳に置いた絵を、幸司がそっと取りあげた。

「すみれどのが描かれたのか」

「花のためにって、描いてくださったの」

源太夫の問いに、話したくてうずうずしていた花が、透かさずそう言った。

「お心遣いいただき、お礼申しあげる。ありがたく頂戴《ちょうだい》いたす」

「そのように申されますと、却《かえ》って」

「それにしても見事だ。どなたかに学ばれたのか」

「吉村顕燦《よしむらけんさん》先生に」

「けんさん、けんさん。……もしかすると、遠藤顕信《えんどうけんしん》どののお弟子では」

「はい、そうです」

「とすると、藩のお抱《かか》え絵師であるな」

「ご存じでしたか」

すみれは顔を輝かせた。

源太夫は、信じられぬ思いをどうすることもできなかった。組屋敷の若い娘が、いかなる理由で藩のお抱え絵師の教えを受けられたというのだ。通常ではあり得ない話である。

「それが、ふしぎとしか言えないご縁なのですよ」

すみれと軽く目をあわせ、相手が微かにうなずいたのでみつが事情を話した。

すみれの父戸崎喬之進は弓組で、母親の多恵《たえ》は鉄砲組、それも組頭の大岡《おおおか》家の長女である。大岡家は兄の雄一郎《ゆういちろう》が継いでいるが、絵師の顕燦こと吉村萬一郎《まんいちろう》が雄一郎の親友であった。

雄一郎の末娘が絵を描くのが好きで、その話をすると、絵を見た萬一郎が教えてもいいということになった。そこで同年輩の娘五、六人が、月に何度かいっしょに教えてもらうことになったのである。

藩のお抱え絵師とは言っても、実際のところは能役者などとおなじで無足《むそく》であった。無足には決まった扶持《ふち》がなく、働いた仕事に対して手当てが出るだけだということだ。

そのため、藩から命じられた仕事がないときには、頼まれて肖像画《しょうぞうが》や襖絵《ふすまえ》などを描いて謝礼を得ても黙認されていた。仕事に支障《ししょう》のない範囲でなら、絵を教えて指導料をとってもよかったのである。

現実問題として、そうでもしなければ生計が立たないらしい。

源太夫の弟子だった森正造が、やはりそうであった。

正造は遠藤顕信の弟子となり、江戸に出て奥絵師の四家の一家である狩野派《かのうは》の浜町家《はまちょうけ》で学んだ。藩の絵師はかならず、狩野の浜町家で学ぶことになっていた。園瀬藩の江戸留守居役の肖像画を描いたことから、正造は他藩の留守居役などと知りあうことができたのである。

ある日、他藩の留守居役から小遣い稼ぎにあぶな絵、要するに男女の媾合図《まぐわいず》を模写してみないかと持ち掛けられた。年齢のこともあって躊躇したが、模写、つまり描き写すだけということなので応じたのである。そして少年の身には、思いもしない大金を得たのであった。

園瀬にもどった正造は、藩の絵師見習いとなった。力を認めた江戸留守居役が、親交のある他藩の藩主家への配り物の絵を正造に描かせてくれた。

正造は江戸に絵を届けるために、年に二度ほど園瀬と江戸を往復するようになった。他藩の留守居役との付きあいは続き、やがて頼まれて、模写でなく独自の春画《しゅんが》を描くと、模写の五倍もの金を渡された。

正造は十八歳で見習いが解けて正式に藩お抱えの絵師森顕凜《けんりん》となったが、ちょうどそのころ母が患《わずら》ってしまった。医者に診《み》てもらうと首を傾《かし》げ、上沢順庵《かみざわじゅんあん》先生ならわかるかもしれないと言われた。順庵は藩の老職や裕福な商家などしか相手にしない医師なので、とても組屋敷の者など診てくれるはずがない。

肖像画を描いたことのある江戸留守居役に訴えると、順庵への紹介状を書いてくれた。お蔭《かげ》で診察してもらえたが、胃《い》の腑《ふ》が侵《おか》されているものの、薬で治せないことはないかもしれないと言われる。ところが舶載《はくさい》の薬なので相当な金が掛かるとのことだった。

春画で得た貯《たくわ》えがあったので、正造は金の続くかぎり診てもらうことにし、その後もせっせと春画を描き続けたのである。

藩のお抱え絵師でありながら、猥褻《わいせつ》な絵を描かねばならぬ正造は葛藤《かっとう》せずにいられない。ところが薬石効《やくせきこう》なく、母は亡くなってしまった。

春画を描いたことは早晩露見するだろうし、となれば藩にはいられない。藩の絵師を辞めた正造は、江戸に出て町絵師を目指している。

それはともかく、藩の絵師が厳しい状態に置かれているために、すみれは絵を学ぶことができたのであった。

母の実家《さと》の大岡家に遊びに行ったすみれは、たまたま萬一郎の指導の場に行き会ったのだ。

そして従姉《いとこ》がおもしろがってすみれに描かせた絵を見た萬一郎が、それを一瞥《いちべつ》したただけで教えてもいいと言ったのである。ほかの娘たちの手前もあって指導料を払っていることにしているが、すみれは無料《ただ》で教えてもらっているという。

弟の伸吉が岩倉道場に入門したが、すみれは師匠の娘の名が花だと知った。名を聞いただけで花が弥生《やよい》の生まれだと推察し、桜花の一枝の絵を描いたという。

顔料は高価なので、顕燦こと萬一郎が娘たちに教えるのは墨絵であった。だが組頭の大岡家は、娘のためにひと通りの顔料はそろえていた。従姉は個人的に彩色画も学んでいたのである。

すみれは事情を話して、それを使わせてもらったとのことだ。

「お花さんのお名前から生まれが弥生だと思ったので、とすれば桜の花をと」

そう言われて花が驚いた。

「花という名前だけで、弥生の生まれだとわかったのですか」

「だって、お花さんですもの」

「あ、そうか」となにかに気付いたらしく、花はすみれに言った。

「花はたくさんあるけれど、ただ、花と言えば桜なんですってね」

今度はすみれが驚く番であった。

「どうして、お花さんはそんなことをご存じなの」

「目玉の小父《おじ》さまに教えられました」

訳がわからぬという顔になったすみれに、みつが説明した。

「花は小父さまなどと親《した》し気《げ》に言ってますが、藩校の池田盤晴《いけだばんせい》先生なんですよ」

「えッ」と、すみれはさらに驚いた。「千秋館の、ですか」

藩校の教授だと知って、すみれが驚いたのは当然だろう。偉い学者先生を小父さまなどと、親しげに呼んでいるのだから。

「盤晴は池田秀介《しゅうすけ》と言って、わしとは藩校の同期なのだ。しかも日向道場の相弟子なので、ときどきわが家にも顔を見せる。本当は、わしより花の顔が見たくて来るらしい。いつの間にか二人で話しておって、花はなにかと教えてもらっておるようだ」

「おおきな目をしてるので、目玉の小父さまなの」

花の言っただけでは意味がわからぬだろうと、源太夫は補足した。

「目はおおきいのだが、いつも瞼《まぶた》が半分ほど垂れさがっておる。盤晴の盤は大皿で晴は瞳のことだそうだ。つまり大目玉ということだな」

「まあ」

噴き出しそうになったのか、すみれはあわてて口を押さえた。

当時は新八郎《しんぱちろう》だった源太夫たちを教えた藩校の儒者《じゆしや》は、秀介を高く評価していた。「大器晩成《たいきばんせい》と言ってな、おおきな器はできあがるまでに永い刻《とき》がかかるものなのだ」と言ったが、皮肉なことにそれでバンセイが渾名になったのである。

秀介が盤睛を号としたのは、自分の容貌《ようぼう》を大目玉だと、諧謔《かいぎやく》をこめて表したとも思えるが、おそらくは大器晩成に掛けてのことだろう。しかもそれは証明された。藩校の責任者となったのだから。

会話に加わることなく、ただ黙ってすみれの描いた絵に見入っていた幸司が、なにも言わずに立ちあがった。しかも沓脱石の履物《はきもの》を突っ掛けると、足早に姿を消したのである。

「あら、どうしたのかしら」

「すみれどの、許されよ。客人がお見えなのに、黙って席を立つとは無礼なやつだ。あとで叱《しか》っておこう」

「いえ、弟もそうですが、稽古のことしか頭にないのかもしれません」

「あら、仲吉さんもですか」

「はい。頭の中は剣術のことで一杯、姉であるわたしのことなど、これくらいしか思ってはいないかもしれません」

すみれは親指と人差し指で、わずかな隙間を作って見せた。そんなすみれを見て、みつが顔中をやわらかな笑いで満たした。

「縁と言えば、すみれさんが花の名前を聞いただけで、弥生の生まれだと思われたのもふしぎな縁ですが」

「弥生、三月、花ざかり。だから花と名付けてくれたのですよね」

「すみれさんは、菫《すみれ》の花だから」

みつが言い掛けたのに、源太夫は思わず割りこんでしまった。

「山路《やまじ》来て何やらゆかしすみれ草、という芭蕉《ばしょう》の句があるそうだ。盤睛の受け売りであるがな」

武骨な道場主らしくないと、さすがに照れてしまう。

「すみれさんと花も花同士、ふしぎな縁で結ばれましたね」

みつがそう言うと花は顔を輝かせた。

「すみれさんのこと、すみれ姉さんって呼ばせてもらってかまいませんか」

「なんて不躾《ぶしつけ》なことを言うの、花は。笑われますよ、すみれさんに」

みつが叱ったが、すみれはこぼれんばかりの笑顔になった。

「まあ、うれしい。でも、姉さんらしくしっかりしなければ笑われますね」

そのとき庭から幸司がもどったが、両手でなにかを抱えている。座敷にあがると、それを空いている畳の上にそっと置いた。

道場の正面の壁、道場訓を掲げた横に飾られている、森正造の「軍鶏図《しやものず》」である。まず見る者の目を引き付けるのは、相手を威嚇《いかく》し射竦《いすく》める強靱《きようじん》さを秘めた、突き刺すほどに鋭い目であった。まるで生きた軍鶏がいるかと思うほどの、圧倒的な迫力である。

頸を覆《おお》う蓑毛は、金属光沢《こうたく》を放つ細くて長い羽毛が重なりあって無数の微妙な色を生み出していた。分厚くて逞《たくま》しい胸と、それを支える太くて長い脚は上半分が羽毛に、下半分が黄土色《おうどいろ》をした鱗状《うろこじよう》の肌で覆われている。

四本の頑強《がんきよう》な足指の爪がしっかりと大地を摑《つか》み、足の内側、足の指から一寸あまり上には、先細りとなった円錐状《えんすいじよう》の蹴爪《けづめ》が鋭く尖《とが》っている。

両脚の蹴爪で顳顬《こめかみ》を挟むようにして叩き付けると、敵は即死することすらあった。源太夫が自分の編み出した技にも命名したが、それが必殺技の「蹴殺し」である。

「これは」

瞬《まばた》きもせず、喰い入るように見ていたすみれが声を漏《も》らした。絵の迫力に圧倒されたからだろう、その声は掠《かす》れ、しかも上擦《うわず》っていた。

「顕凜森正造、すみれどののが学んでおられる顕燦どのの弟弟子が描いたのだ。待たれよ」

言い残して座敷を出た源太夫は、すぐにもどったが、その手には一枚の絵が掲げられていた。それを「軍鶏図」の右横に並べて置いたが、すみれが思わず声を呑《の》んだ。

「これが江戸に絵の修業に出るまえに正造が描き残した絵、こちらが修業を終えて園瀬にもどってから描いてくれた軍鶏だ」

「ほとんどおなじ構図なのに」

すみれのつぶやきに源太夫はうなずいた。

「しかも、描いたのは同一人であるにもかかわらず」

「まるで別物ですね。何歳で描かれたのですか」

「江戸に出るまえに描いたのが九歳。その五年後にもどったので、こっちが十四歳だな」

「九歳でこの絵ですか。わたしの絵など子供のお絵描きですね、まるで」

「のちに藩の絵師になる男の絵と較べるのは、無茶というものだ」

源太夫がそう言うと、みつもおおきくうなずいた。

「それに、すみれさんの絵はとてもお上手ですもの」

「わたしの宝物」

花の言葉にすみれはうれしそうに笑った。

源太夫がしみじみと言った。

「五年という刻が、一人の人間を、若者をここまで変えたのだ。これが修行の凄さ、すばらしさではないだろうか。最初に見せられたときには、九歳の子供の描いた絵かと驚嘆《きようたん》したものだ。だが江戸からもどって仕上げた絵を見たときは、唸《うな》るしかなかった」

その場の人たちは、改めて二枚の絵を見比べずにいられなかった。

「修業が人をこうまで変える。修業によって人はここまで変われるのだ。わしは弟子たちにそれをわからせるために、道場の壁に二枚を並べて掲げたかったが、絵師が、正造が頑《がん》として拒《こば》みおった」

こんな遣り取りがあったのだ。

「ご勘弁願います。未熟だったころの自分を曝《さら》されるのは、辛《つろ》うございます」

「おなじ人間が五年間真剣に取り組むことで、ここまで変われる、技を身に付けられることの見本だと思うのだがな。この二枚を見比べれば、大抵《たいてい》の者は奮起《ふんき》せずにはいられぬであろう」

少し間があったが、正造はきっぱりと言った。

「どうかご容赦《ようしゃ》を。古い絵は引き取らせていただきます」

そこまで言われて、むりに取りあげることはできない。記念の品として手元に置き、他人《ひと》には見せないからと言って、源太夫はなんとかもらい受けたのであった。

「本来なら他人には見せるべきでないのだが、口外する者は居《い》ぬようだし、正造は遥か遠い江戸の地だ。勘弁願うとしようではないか」

クスリ、と花が笑みを漏らした。

「なにがおかしい」

「おかしいのではありません。うれしいのです」

「なにがうれしいのだ」

「そのように問い詰めては、花も答えられないではありませんか」と、みつが夫をやんわりと制した。「なぜそう言ったかを、考えてあげなくては」

わかるなら問いはしない。が、それを言っては顰蹙《ひんしゆく》を買うだけだろう。源太夫は黙って目で花を促《うなが》した。

「だって、ここにいる人は身内だから見せてもらえたのですもの。だからうれしいの。母上、兄上、すみれ姉さん、そしてわたし」

「花」と、うろたえ気味に幸司が言った。「勝手にすみれ姉さんなどと言っては、失礼ではないか」

「幸司兄さんが絵を取りに行ってらっしゃるあいだに、すみれ姉さんって呼んでかまわないって、許していただいたの」

「花にとってすみれ姉さんなら、幸司にとってはどうなるのでしょうね」

みつがからかうように言うと、幸司はすっかり取り乱してしまった。それを見て、みつだけでなく、花も源太夫も大笑いしたが、すみれは笑わず、ほのかに頬を染めて俯《うつむ》いていた。

横目で見てそれに気付き、源太夫はみつが花に、道場に二人を呼びにやった理由に思い至ったのであった。

四

毎朝、戸崎伸吉はだれよりも早く道場に姿を見せる。

父の喬之進に連れられて入門の申しこみに来た日に源太夫が、新入りはだれよりも早く来て、道場の床を拭《ふ》き浄《きよ》めることになっていると言った。師匠日向主水の、そして源太夫本人の口癖《くちぐせ》でもある「技を磨《みが》くまえに心を磨け」と言っただけで、伸吉は続きの「心を磨くまえに床を磨け」と続けた。

それだけ、父親の喬之進に心構えを叩きこまれていた、ということである。言っただけではない。黙々とそれを実行していた。

年少組は八歳か九歳で入門する者が多いので、十二歳の伸吉は新入りだが年下の弟子たちといっしょに床を磨くことになる。中には話しこんだり怠《なま》けたりする者もいたが、伸吉は文句を言ったり叱ったりせず、黙々と浄めるのであった。

拭き掃除が終わると、雑巾《ぞうきん》を濯《すす》いで干す。そして神棚を拝《おが》み、道場訓を唱えると、弟子たちが揃って稽古が始まるのを待つ。

それが藩校「千秋館」に行かぬ日の、伸吉の日課であった。

伸吉はただ待つのではなく、上下素振り、前進後退正面素振り、左右面素振り、跳躍素振りをひたすら繰り返した。それはまさに、まともに竹刀を握ったこともない才二郎時代の弥一兵衛が、入門すると人の四倍も五倍も素振りに励んだのに似ていなくもない。

要領の悪いやつだと小馬鹿にする者もいたが、伸吉は頓着《とんちゃく》することがなかった。ただ自分のすべきことを熟《こな》すだけであった。すると新入りの中には、伸吉を見習う者が現れたのである。

すみれが花に桜の絵を贈った日の翌日も、伸吉はそれまでとまるで変わることがなかった。幸司と顔をあわせても、それまでどおり挨拶をしただけである。伸吉は姉から聞かされていたはずだが、幸司も伸吉も、すみれが母屋を訪れてひときをすごしたことには触れなかった。

伸吉は変わることがなかったが、幸司には明らかな変化があったのである。

道場の床を拭き浄めると、雑巾を濯いで干す。続いて神棚を拝み、道場訓を唱えると、弟子たちが揃うまで素振りで体を解《ほぐ》すのはおなじであった。

ちがったのは稽古の進め方だ。

それまでは同等の者の何人かと、相手を替えながら四半刻《しはんとき》（約三〇分）から半刻くらいの地稽古を繰り返した。続いて下位の者の指導を始める。相手の力量に応じて打ちこみ稽古を、一段上だと見ると掛かり稽古に変えた。

さらに二人一組で稽古をさせ、その欠点を修正し、効率のいい攻め方や、相手の攻めに応じての防御法を教えた。年少組に竹刀の構え方や振り方、摺り足や足の運びなどの、基本を叩《たた》きこむこともした。

だがすみれが訪れた翌日からは、上位の者との稽古、手合わせが、特に佐一郎を相手にすることが多くなった。その日は佐一郎の登城日ではなかったので、一刻以上たっぷりと打ちあったのである。

佐一郎が三歳年長で体格に差があることもあって、それまで幸司は五本に一本取れればいいくらいであった。

ところがその日、一本目を幸司が取ったのである。佐一郎がニヤリと笑ったのは、余裕の笑いだろう。それを証明するように、佐一郎が立て続けに三本を連取した。一本目は油断したからだが、その気になれば容易《ようい》には取られないと誇示《こじ》したかのようであった。

ところが次の五本目は、動きを誘ってその裏を掻いた幸司が、佐一郎の虚《きょ》を突いて勝利をものにした。

佐一郎の顔から薄笑いが消えた。

二人の気迫の凄まじさをだれもが感じたのだろう、下位の者だけでなく、上位の者までが自分たちの稽古を中断してしまった。中には立ったままの者もいたが、ほとんどの弟子が壁を背に、板の間に正座して真剣な表情で見詰めている。

見所に坐った源太夫は、まったくの無表情で子と孫の対戦に目を向けていた。まるで風景を眺《なが》めているように見えるかもしれないが、そこは道場主であった。見所に坐ると源太夫はほぼ正面に目を向けるが、全体を見ながら一点を感じ、一点を見ながら全体を感じているのである。

今は佐一郎と幸司の手合わせだから、だれもがそれを見詰めている。

だが普段の稽古のときなど、全体に漫然《まんぜん》と目を遣っていると、自然と濃淡が付いて見えるようになる。どれだけ熱意を持って真剣に取り組んでいるか、それとも適当に流しているだけなのかが見えるようになるのだ。極端な場合は濃く色付くことさえあった。

佐一郎と幸司の対決は、濃い赤色を帯びて見えていた。

どうやら本気になったようだが、果たしていつまで続くだろうか、と源太夫は思った。あまり期待せずに見守るとしよう。本物であることを願うだけだ。一時的な変化にすぎないのに欣喜雀躍《きんきじゃくやく》しては、糠喜《ぬかよろこ》びに終わってしまうことになる。

「おッ」との声が多くの者から漏れたのは、幸司が立て続けに取ったからであった。

ここで間を取って汗を拭《ぬぐ》うなどすればよかったのだろうが、佐一郎は若さが出てその余裕がなかったようだ。なにしろ相手が三歳下の幸司であり、しかも弟子たちが稽古を中断して見物している。それだけでなく、師匠であり祖父である源太夫が見ていた。

年下の幸司に連取されたことは、これまでに一度もなかったのである。頭に血がのぼってしまった。

勝負は冷静さを欠けば不利になる。五本に一本取れればいいほうだった幸司が、三本に一本の割で決めるまでになった。

これまでの二人の手合わせを見てきた弟子たちにとって、信じられない事態であった。幸司が一気に差を詰めたとの印象で、三本に一本の割合であっても、ほとんど対等に等しく映ったのである。

なにがあって、どういうきっかけで、幸司はこれほどまでの変貌《へんぼう》を遂《と》げた、いや遂げられたのであろうか。弟子たちはほとんど驚愕《きょうがく》の思いで、終わることのない試合を見守っていた。

意地という訳ではないのだろうが、佐一郎と幸司は、休憩しようとも、水を飲みたいとも、汗を拭きたいとも言わない。勝負が決すると、さっと離れて一礼し、ただちに竹刀を構えるのである。

すでに稽古着は汗でぐっしょりと濡れ、そればかりか顔中から汗が噴き出し、道場の床に滴《したた》り落ちていた。

踏みこむ足が床で立てる音、竹刀を打ちあう音、そして空《くう》を切る音、それに喘《あえ》ぐ息が混じり始めた。動きが緩慢《かんまん》になり、ときによろめくことさえあった。

「そこまで」

源太夫の声が響いたとき、見ていた弟子たちが一斉《いっせい》に息を吐いた。

「時の鐘が四ツを告げた。すでに一刻を超えておる。そのまま続ければ、二人ともぶっ倒れてしまうぞ」

だれも気付かなかったが、源太夫の耳は常夜灯《じょうやとう》の辻の、鐘の音を捉《とら》えていたのである。

佐一郎と幸司は肩幅に開いた両脚から等距離の、三角形の頂点に竹刀を突いて、それに全身をゆだねて肩を上下させながら荒々しい息を吐くばかりであった。

「突っ立ってないで、すぐ汗を拭って体を浄め、着替えろ。そのままにしておると、汗が体を冷やして筋と肉が脆《もろ》くなり、使い物にならなくなる。汗が出なくなるまで拭き浄めるのだぞ」

「はい。わかりました」

ほとんど吐息《といき》と変わらぬような返辞をすると、二人は大儀《たいぎ》そうな足取りで道場を出た。

道場の横に柿の木が樹葉を拡げていて、井戸はそのすぐ傍にある。

柿の木は新芽が開いて伸び切り、黄緑色の若葉となっているが、まだまだ薄くてやわらかだ。これから次第に色濃い緑に変わり、そして厚みを増してゆくのである。

今は開き切った若葉なので、薄い黄緑の色が陽光を受けて爽《さわ》やかな輝きを見せていた。

佐一郎と幸司は、稽古着を脱いで下帯一つになった。

交互に釣瓶《つるべ》で水を汲みあげると、二人は何度も掌《てのひら》で掬《すく》っては咽喉《のど》を潤《うるお》した。

それから手拭で汗を拭き取り、水を汲みあげて小盥《こだらい》を満たしては、汗を拭いた手拭を濯ぐ。濯いだ手拭をよく絞って汗を拭く。その繰り返しであった。何度繰り返しても、汗は止《と》め処《ど》なく噴き出すのである。ようやくのこと汗が出なくなったときには、呼吸もすっかりおだやかになっていた。道場では敵同士だが、出てしまえば肉親であり、相弟子である。

「なにがあったのだ」

年上の佐一郎がさり気なく訊いた。

「なにが、と申されますと」

「わずかなあいだに、いや、一晩でかもしれんが、別人のようになったな」

「変なことを言わないでくださいよ。蟬《せみ》や蜻蛉《とんぼ》ではないですから、急に変われる訳がないでしょう」

「まさにその蟬か蜻蛉、でなければ蝶《ちょう》だな。地中から出て来た不格好な虫が、木の幹をよじ登り、殻から抜け出して蟬になる。水中の泥を這《は》い廻《まわ》っていたヤゴが、水草の茎《くき》を登って、あっと言う間に蜻蛉になるだろう。なにかの塊《かたまり》としか思えん蛹《さなぎ》の背が割れて、きれいな蝶が出てきたと思うと、やがて青空に飛び立つ。いや、幸司は飛び立った」

「よしてくださいよ、佐一郎さん。とするとわたしは蝶や蜻蛉のような虫けらですか」

「茶化《ちゃか》すでない、幸司。わしの目には、そうとしか見えんのだ。とすれば、なにかたいへんなことがあったとしか思えぬではないか。えッ、そうだろう」

「なにもありませんって。明日になればわかりますよ、元《もと》の木阿弥《もくあみ》にもどってるでしょうから」

「もしかしたら、好きな娘でもできたか。どうやら図星らしいな。顔が赤くなったぞ」

「急に変なことを言われたからですよ。それにまだ十四ですから」

「十四で好きな娘ができてもふしぎはない」

「佐一郎さんはそうだったようですね」

「痛いところを衝《つ》きやがる。ま、よかろう。早晩わかることだからな」

「お話し中に失礼いたす。幸司どの」

呼び掛けられて振り返ると、東野家の家士早瀬三五郎であった。

「主人が話し忘れたことがあるゆえ、ご足労願いたいと申しております。今夜でもけっこうですが、昼間がよろしいのであれば」

早瀬は東野弥一兵衛の非番の日を告げ、その日なら八ツにとのことであった。佐一郎が聞いているのでためらいはしたが、どうせなら早い方がいい。

「であれば、今宵《こよい》六ツ半（七時）でいかがか」

「承《うけたまわ》りました。下城時の都合もありますので、お越しいただいても待っていただかねばならぬかもしれませぬが、ご承知おきください」

「かしこまった」

一礼して早瀬は足早に去った。

「なにかとあるようだな」

幸司が返辞せずにいると、佐一郎はいくらか自嘲《じちょう》気味に言った。

「思わぬ不覚を取ってしもうたが、今日の結果だけで判断するなよ」

そう言われても答えようがない。

佐一郎は汗で重くなった稽古着や手拭などを纏《まと》めると、小脇に抱えて道場にもどった。

五

「先日は勝五のために、話が途切れてしもうてすまなんだ。幸司は蹴殺しの話が訊きたかったのではないのか」

早瀬が二人のまえに湯呑茶碗《ゆのみぢゃわん》を置き、一礼してさがると弥一兵衛はそう言った。

「なぜ、そのように」

「岩倉道場の二代目あるじになりたいと思いますと、それだけを言いに来る訳がないではないか。わしはたまにだが道場に顔を出す。周りに人が居れば話しにくいこともあろうが、二人だけになる機会はいくらでもあるからな」

「おっしゃるとおりです」

「蹴殺しを見た者はそれほど多くはない。だれぞに訊いたが、教えてくれなんだか」

「佐一郎どのが、いくら腕をあげても、先生の蹴殺しを見ていないではないかと、兄弟子たちに馬鹿にされたそうです。それで、わたしは恵山和尚の所に連れて行かれました」

「圭二郎か。やつは何度も見ておるからな」

「ですが佐一郎どのは一人では行けません。その点、わたしは子供時分《じぶん》から圭二郎さん、いえ恵山和尚に可愛《かわい》がってもらいましたから」

「幸司がいっしょだと、よもや門前払いはあるまいとの肚か」

「かもしれません」

「圭二郎はああいう男だから話してくれただろうが、聞いてわかるものではなかろう」

「はい。二度連れて行かれたのですが、わたしはそれ以上は聞き出せないし、聞いてもわからないと思いましたので、次に誘われたときは断りました」

「いざ二代目になろうと肚を据えると、やはり知らぬではすまされない。ところが先生が蹴殺しを見せてくれるはずがないし、話してもくれまい、と」

「佐一郎どのが口惜しがったのは、かつては先生が弟子たちに、道場で竹刀や木剣での蹴殺しを見せたし、果たしあいの真剣勝負も何人かの弟子には見せています。ところがそれを突然しなくなったので、遅れて入門した佐一郎どのは見ることができなかった。だからなんとしても知りたいということでした」

「幸司はちがうと言うのか」

「できるなら知りたいですが、弟子に見せないものをわたしに見せてくれるとは思えません」

「それは考えられません」

「一子相伝《いっしそうでん》ということもあろう」

「断言しおったな」

「そういう人なのです。そのつもりなら、真剣勝負で蹴殺しを使うところを、弟子に見せたりはしないでしょう」

「ある日、一子相伝にすべしと考え、見せなくなったのやもしれん」

「わたしには、そうは考えられないのです」

「蹴殺しを見たいし知りたくもあるが、その理由が幸司は佐一郎とはちがうと言いたいのだな」

「わたしはそれよりも、父、いえ師匠、先生の気持のほうが」

「父上なのだから父でいいぞ、わしら二人のあいだならかまうまい」

「わかりました。それでは……父の気持がなぜ変わったのか、むしろそれを知りたいのです。わかるのは高弟の、それもごくかぎられた方だけだと思います。一番弟子で師範代を務められたのですから、あるいは東野さまならご存じではないかと。父が話す訳はないと思いますが、もしかするとおわかりなのではないでしょうか」

「師匠の胸中《きょうちゅう》を忖度《そんたく》するなど、弟子として慮外《りょがい》であろう」

「仰《おお》せのとおりです。たいへん失礼いたしました」

弥一兵衛が黙ってしまったので、幸司としては身の置き所がない思いであった。話を聞かせてもらおうと思ってやって来たのに、相手の逆鱗《げきりん》に触れてしまったらしいのである。

弥一兵衛の沈黙が重くのしかかり、実際はそれほど経ってはいないのかもしれないが、幸司にすればたまらなく長く感じられた。

「ただそれでは、幸司は納得できぬであろうな。師匠の胸中を察することなどとてもできぬが、わしが実際に見た蹴殺しと、その折に師匠が語られたことを話すとしよう。それから」

「それから？」

「あ、いや。それは余計であったな」とそこで間を取ってから、弥一兵衛は続けた。「わしが最初に蹴殺しを見たのは、師匠が岩倉道場を開いた翌年のことであった。ある日、道場に三人の男、馬之介《うまのすけ》と内蔵助《くらのすけ》の大谷《おおたに》兄弟、そして原満津史郎《はらまつしろう》の三人が乗りこんで来た。それも土足でだ。馬之介が弟内蔵助の受けた侮辱《ぶじょく》を晴らしに来たといったが、言い掛かりでしかない。師匠が真剣での勝負を受けざるを得なくするのが、最初からの目的でな」

入門して一年あまり、十九歳だった才二郎時代の弥一兵衛は、実はその背景を知らなかった。

藩主の九頭目隆頼が、藩士とその子弟を教導するために源太夫に任せたのが岩倉道場である。そのため束脩《そくしゅう》も月々の謝礼も不要であった。教えを受ける以上はと払う者もいたが、下級藩士の場合は払わぬ、いや払えぬ者が多かったのである。

しかも道場主の源太夫は、秘剣「蹴殺し」を使う剣士であることが知られていた。当然だが評判になった。

これによって大谷内蔵助と原満津四郎の道場は、弟子が次々と岩倉道場に移るため続けられなくなった。二人は正願寺の恵海《えかい》和尚と碁《ご》を打った帰りの源太夫を、それぞれが一番弟子を連れて寺町で待ち伏せした。ところが簡単に撃退されてしまったのである。

内蔵助は江戸で道場を開いている兄の馬之介に泣き付き、満津史郎と三人で道場に乗りこんだのだった。

「止むを得ず師匠は果たしあいを受け、介添《かいぞえ》に数馬とわしを指名した」

そしてこう言ったのである。

「明朝《みようちよう》、蹴殺しで闘う。どんなことがあっても、おまえたちは手出しをするな。ただ、わしの蹴殺しを、とくと見ておけ」

師匠にそう言われては若い二人が眠れる訳がなく、一睡《いつすい》もせずに並木《なみき》の馬場《ばば》に出掛けたのであった。

源太夫が珍しく相手を挑発《ちようはつ》した。

「だれからだ。それとも、三人いっしょに掛かって来てもかまわんぞ」

内蔵助と満津四郎がまえに出るのを、さっと腕を拡げて馬之介が制した。

「わしが叩っ斬る。おまえらは絶対に手出しをするな」

「そのようなもたもたした動きで、このわしが斬れると思うのか」

「ほざけ！」

叫んだときには抜刀《ばつとう》し、真《ま》っ向《こう》上段に振りかぶったまま馬之介は突進したが、おなじような勢いで地を蹴ったはずの源太夫が前傾《ぜんけい》姿勢のまま後退したため、泡を喰ったらしく、一瞬の怯《ひる》みがあった。だが瞬刻《しゅんこく》のちには勢いを倍増《ばいま》して猪突《ちょとつ》し、仕留《しと》めたとばかり斬りさげたが、切っ先は源太夫を掠《かす》りもしなかった。

驚愕のために目が飛び出さんばかりになった馬之介は、体勢を立て直すこともできぬまま、跳躍し全体重を乗せて斬りおろした源太夫の太刀《たち》に、顔面を斬り割られたのである。

太刀を振りおろしたまま、馬之介は大地に己《おの》が体を叩き付けた。源太夫は止《とど》めを刺す必要がなかったが、なぜならすでに絶命していたからだ。

それが、源太夫が馬之介を斬り殺した一部始終だが、あまりの早業に、二人の弟子にはまったくと言っていいほど見えていなかった。

「師匠に良く見ておくように言われたので、わしも数馬も必死に目を凝《こ》らしていた。だが見たのは、顔を叩き斬られ、血が噴き出し、飛び散るさまだけであった」

まざまざと思い出したからだろうか、弥一兵衛は目を閉じたままだった。しばらくして続きを話し始めたが、どことなく話したこと自体を後悔しているように感じられなくもなかった。

「ともかく、ほとんど見ることができなかったわれらは、どうすれば見られるようになるかを師匠に訊いた。それが、のちに僧籍に入った圭二郎が命名した、あの投避稽古に繋がったのだ」

「わたしどもが続けているということは、その稽古の成果はあったのですね」

「ああ、あった。蹴殺しは何度も見たが、回数が重なるごとに次第に見えるようになったからな。最初に見た蹴殺しからたしか三年後だったと思うが、こんなことがあった。なぜこの話をするかというと、師匠が弟子たちに蹴殺しを見せなくなった理由が、その勝負におおいに関わっていると思うからだ」

弥一兵衛はそこで口を噤《つぐ》んだが、どのように話せば幸司にもっともいい形で伝えられるかどうかを考えていたようだ。

「おそらく聞いてはおろうが、やはりイカズチのことから話すべきであろうな」

闘いではほとんどの場合、いや九分九厘《くぶくりん》と言っていいがむだな動きのないものが勝つ。道場においてよりもむしろ、源太夫は闘鶏からそれを学んだのだった。

十八歳で江戸勤番となった源太夫は、勤めの傍《かたわ》ら一刀流椿道場で学んだが、親しくなった相弟子の父親が軍鶏を飼っていた。屋敷を訪れて鶏合わせを見せられた源太夫は、その技の多彩さと闘いのめまぐるしさに驚いた。

中にやや小柄で、軍鶏には珍しく白い羽毛の多い一羽がいたが、それがイカズチで滅法《めっぽう》強かった。どんな相手であろうと一撃で倒してしまうのだが、源太夫にはどうして倒せるのかがまるで見えなかったのだ。

ひたすら見続けて、五度目でようやく見ることができたのである。

闘鶏ではどの軍鶏も敵手より高く跳躍し、上からの攻撃を仕掛けるが、なぜならそれが圧倒的に有利なことを、本能的に知っているからだ。

だがイカズチは敵の裏をかき、肩透かしを喰わせた。敵手と同時に飛びあがるふりをするだけで身を屈《かが》める。眼前に敵がいないため狼狽《ろうばい》した相手が脚を地に着ける瞬間に、イカズチは可能なかぎり高く跳び、あわてた敵がふたたび跳びあがるところをねらう。一貫（約三・七五キロ）の体重を利用して落下し、勢いをつけて跳躍した相手の側頭部に蹴爪を叩き付けるのだ。

落下と飛翔により力は倍加するので、敵手はひとたまりもない。

それに閃《ひらめ》きを得た源太夫は、なんとか剣技に取り入れようとした。親友の相弟子に頼んで頻《しき》りと工夫したが、どうしても技に結び付かない。

いやになるほど汗を流した末にたどり着いた結論は、一番単純な方法であった。軍鶏の上下の動きを、前後の動きに置き換えればいいと気付いたのである。

もちろん簡単に習得できるわけではなかったが、逆にそのためにあらゆる攻撃に対処できるようになった。その根本にあるのは、相手の力を利用して倍にして返し、たった一撃で倒す、ということである。

「最初に先生の蹴殺しを見せられてから三年経ったある日、一人の武芸者が園瀬にやって来た。そして先生に告げたのだ」

「ある旗本に頼まれて命を頂戴にまいった。どのような手段であろうと、たとえ闇討ちでもかまわぬから討ち果たせとのことだが、卑怯《ひきょう》は性《しょう》にあわんのでな」

そう言って果たし状を突き付けたのである。

事情があって斬ったのが、旗本の腹違いの弟であった。そのまま放置しては家名に瑕《きず》が付くと、刺客《しかく》を送りこんだということだ。

明朝六ツ、並木の馬場にて果たしあいを申しこむ、とあった。

今回も源太夫は数馬と才二郎に見せたが、源太夫はこう言った。

「蹴殺しは技というよりも、考え方なのだ。基本形はあるものの、あとは相手の攻めに対して無限に変容する。変幻《へんげん》が剣の要諦《ようてい》、つまりは極意なのだ」

その勝負もあっと言う間に決した。

ゆっくりと大刀を抜き終わるなり、源太夫は全体重をかけて突進する、と見せかけただけで、前傾したまま凍《こお》り付きでもでもしたように静止した。おなじように地を蹴った敵手は、源太夫の異様な動きに警戒したのか勢いを緩《ゆる》めたが、静止したのを見て、それまでにも増した勢いで攻撃を仕掛けた。

だが男が振りおろす太刀よりもわずかに早く、源太夫の斬りあげた刃先が首を裂《さ》いていた。力と力のぶつかりあいで力は倍となったが、すべてを読み切って迷いのない分、源太夫の勢いが優《まさ》ったのである。敵手は体を捩《ねじ》らせたまま、自《みずか》らを大地に叩き付けた。

源太夫がなぜその勝負を二人に見せたのかは、あとになってわかった。こんな遣り取りがあったのだ。

「およそ秘剣などというものは、どのようなものであれまともな剣ではない。ごまかしである。道場で教わる技の手順は、互角の相手とまともに戦えば、かならず優位に立てるように工夫されたものだ。秘剣は手順の裏をかいて相手を混乱に陥《おとしい》れる。混乱しうろたえれば、勝敗の帰趨《きすう》は明らかだ。だから遣うべきでない」

「ではなぜ、われらに」

数馬の声は、まだ微かに震えていた。

「秘剣とは、たかがこれだけのものにすぎぬとわからせるためだ。敵が秘剣を使うと知ると、人はその言葉の魔力に縛られ、戦うまえに敗れてしまう。秘剣という言葉に惑《まど》わされるな。秘剣唾棄《だき》すべし」

　だが才二郎時代の弥一兵衛には、源太夫の真意が汲み取れなかった。

「いや、今だってわかってはいない。ただ、自分の生み出した秘剣が、ときが経つにつれ独《ひと》り歩きをし、本来の姿から次第に歪《ゆが》んでゆくのが感じられて、うんざりされたのではないかと思う。しかし皮肉な結果にならざるを得なかった。弟子に見せる最後の蹴殺しのつもりで倒した男が、霜八川刻斎という名うての剣術遣いであったのだ。その刻斎を倒したのが、南国園瀬の藩士だと知って、多くの武芸者が挑むことになったのだからな」

「剣術遣いの宿命ですか」

「闘わないですませるためには、相手が剣を抜くこともできぬほどの遣い手になるしかないが、それがむりなことは師匠にもよくおわかりだ」

「闘いから逃れることはできず、闘い続けねばならないということですね」

「戦《いくさ》のない泰平《たいへい》の世で求められているのは、真に強い剣士よりは、良き指導者となれる剣士ではないだろうか。さまざまな事情があり、偶然も重なって師匠は剣名を轟《とどろ》かせることになってしまった。だが本人の望まれたことではない、という気がしてならぬのだ」

「多くの人に挑まれ、それをことごとく退《しりぞ》け続けたことで、考えが変わられたということでしょうか。若き日はただひたすら強くなりたかったのだがと、酒を飲みながら話されていたことがあります」

「そういうことがあったか。巌哲《がんてつ》和尚辺りが相手なら、漏らされてもふしぎはないがな」

なぜわかるのだろうと驚いた幸司が思わず見ると、弥一兵衛は「やはりな」とでも言いたげにうなずいた。

すると自然に笑いがこみあげ、それを声に出すまいとしたため、幸司は含み笑いを抑《おさ》えるのに苦労した。

「楽しそうだな」

六

「楽しいのです。父が話していた相手は巌哲和尚でした。わたしが小用《こよう》から戻ったので、その話は打ち切られました。東野さまはわたしが生まれるまえの年に、入門されたのですよね。であれば赤ん坊のころからずっと、見られていたことになります。わたしのことをなにもかもおわかりなのは、当然かもしれません」

「なにもわかっちゃおらんさ、ご両親に較べりゃな。ま、較べること自体が不遜《ふそん》ではあるが」

「いえ、おわかりです。おわかりだから、先ほど話を中断されたのですね」

「話を中断、だと。そんなことがあったか」

「実際にご覧になった蹴殺しと、師匠の語られたことを話してくださるとおっしゃった。それから、とそこで、余計であったなと申されました」

「で、幸司はどう思った。なにを話そうとして、止めたのだと思う」

言っていいのかどうか、幸司は迷わずにいられなかった。

「気にすることはない。なにを言われても驚かぬし、怒ったりはせぬ」

そうは言われても、どうしてもためらってしまう。幸司が話しそうにないと思ったらしいが、それでも弥一兵衛はしばらく待った。それから口を開いた。

「わしが蹴殺しで人を斬ったことがある、と言いたかったのではないのか」

幸司は思わず唾《つば》を呑みこんだ。

「だが狭い園瀬のことだ。蹴殺しで人を斬って、人に知られずにすむ訳がない」

「江戸に行かれたことがありました」

「広いお江戸で、地理不案内な田舎侍が、いつ、どこで、だれを相手に蹴殺しを使えるというのだ」

「園瀬にもどられたとき、わたしは七歳でしたが、人が変わられたようだと感じました」

「人が変わった？　どう変わったのだ」

「自信に溢《あふ》れて、どっしりとしておられました」

「それは妻を娶《めと》って、一人前になれたからであろう」

「かもしれませんが」

「ちがうと言いたいのだな。あれは七年もまえのことだが、すると幸司はずっと、わしが江戸で蹴殺しで人を斬ったと思い続けておったのか」

「まさか。今いろいろとお話を伺っていて、そう言えば江戸からもどられた弥一兵衛さまが自信に溢れていたのは、奥さまを娶られたからだけではないのではないか。刃《やいば》の下を潜《くぐ》られた、それも蹴殺しで人を倒されたからではないかと、ふとそんな気がしたものですから」

「ふーむ」

弥一兵衛は腕を組むと、目を閉じてしまった。長い物思いに耽《ふけ》るのではないかと思ったが、そうでもなかった。すぐに目を開けたのである。

「行く行くは岩倉道場のあるじとなる幸司になら、やはり言っておくべきだろうな。投避稽古を積んだお蔭《かげ》で師匠の蹴殺しを見ることができたわしは、ひたすらおなじ技を習得しようと励んだ。そうしながら、自分なりの工夫を盛りこんだのだ。機会があれば遣いたいものだとは思っていたが、そういうことにはならないだろうという気もしていた」

そこで中断すると、弥一兵衛は茶を淹《い》れ直すようにと、襖の向こうに声をおおきくして命じた。短い間を置いて、弥一兵衛は続けた。

「事情は省《はぶ》くが、神田川《かんだがわ》下流の柳橋《やなぎばし》の料理屋である人物と酒を飲み、酔いを醒《さ》ますために柳原土手《やなぎわらどて》を歩こうと誘われた。その土手で三人の浪人者に待ち伏せされたのだ。その首魁《しゆかい》を蹴殺しで斬り捨てた。あとの二人は怯《おび》えて掛かって来れなかった。技については敵の力を利用して倍の反撃を加えるのはおなじで、付け加えることはない。倒したときのことを教えておく。道場のあるじとなる幸司だからこそ伝えておきたい」

そう言って弥一兵衛は、重い内容だからだろう、実に淡々《たんたん》と語ったのである。

濡れ手拭を板に叩きつけたような、バシッという厭《いや》な音がしたとのことだ。柄《つか》を握った指、さらに腕を通じて上体に伝わった感触はなんともいえず不快で、敵を倒したにもかかわらず鳥肌が立ったという。

首から血を噴き散らしながら地面に体を叩き付けた相手をみて、全身を震えが走り抜けた。師匠が斬り倒したのを何度か見てはいたが、自分がおなじことをしたとなると、体の奥深いところで、それまで気付きもしなかったなにかがおおきく動いたのがわかった。

人を斬り殺すということは、斯《か》くも悍《おぞ》ましく忌《い》まわしいものなのか。

多くの人を倒してきた師匠は、果たしてどのように感じたのだろう。そして繰り返すことで慣れるものなのか。いや、むりだろう。自分は毎回、恐怖と不快で震えるにちがいない。

われに返ると、地面には息をせぬ浪人が横たわっている。懐紙《かいし》を出して刀身を拭うと、浪人の懐《ふところ》に入れた。隠し止めと呼ぶと、だれかに教えられたのを思い出したからだ。

機会があれば遣おうと思っていた蹴殺しを、ついに遣ってしまった。いっしょに飲んだ男に嵌《は》められて柳原土手に誘い出され、待ち伏せを喰ったのである。相手を倒しはしたが、満足感と言えるようなものはなかった。こんなことのために、蹴殺しを使ってしまったことをひどく後悔した。その技を遣わなくても、勝てた相手だったのかもしれないのだ。

沈んだ声と暗い顔で、弥一兵衛はそのようなことを淡々と語ったのである。

早瀬三五郎が淹れ替えた茶の碗を置き、空《から》になった碗を下げた。姿が見えなくなるのを待って、弥一兵衛は言った。

「どうしても、あるいは止むを得ず、人を斬らねばならぬこともあろう。上意《じょうい》討《う》ちの命が下れば、武士たる者は背《そむ》く訳にゆかぬ。だが止むを得ぬ場合以外は避けるべきだ。おそらく幸司の聞きたかったこととは、おおきく懸《か》け離れた内容になっただろうが、わしは正直な気持を伝えておきたかった」

「いえ、知りたかった以上のことを聞かせていただいたと、とても感謝しております。お話を伺うまでは、ほとんど狭い範囲しか見えませんでした。ところが距離を置いて、しかも全体が見えた気がしました」

「であれば話した甲斐《かい》もある」と一息入れてから、弥一兵衛は続けた。「幸司は十四歳だ。十四歳らしく生きろ。背伸びしても得られることは知れている」

「はい。心いたします」

「そうか。では、次に移っていいな」

「と、申されますと」

それには答えず、弥一兵衛は襖の向こうに声を掛けた。

「勝五、話は終わったぞ。幸司どのに訊きたいことがあるのだろう」

「はーい」

待ちかねていたように弾《はず》んだ声がして、畳の上をちいさな足音が駆けて来た。襖を開けて表座敷に駆けこむと、勝五は幸司のまえにピタリと坐った。

「開けた襖をちゃんと閉めぬのは、厠《かわや》を出ても手を洗わぬやつだぞ」

父親に言われ、勝五はあわてて引き返して背後の襖を閉めると、改めて幸司のまえに坐り直した。

勝五の閉めた襖を開けて、園が座敷に入ると後ろ手に閉めた。

「ごめんなさいね。いつもなら寝ている時刻ですのに、幸司さんに訊きたいことがあるからと言って、寝ようとしないんですよ」

「まさか、入門したいなどと」

幸司が冗談めかすと、勝五が間髪《かんはつ》を入れず言った。

「さすが幸司さん」

園と弥一兵衛を見ると、二人とも噴き出しそうな顔をしている。となれば幸司も気が楽だ。

「勝五は道場の先生に、入門させてくださいと頼んだことがあったな。先生はなんとおっしゃったんだ」

「父上がどう言われたかって」

「父上はなんと」

「十歳になればと言われました。でも待てません。わたしは五歳ですから、十歳はその倍ですもの」

「子供のことが一番わかっているのは親だ。親の言うことに従わねばならん」

幸司がそう言うと勝五は無邪気に笑い、さり気なく言った。

「幸司さんは何歳で入門しましたか」

「入門されましたか、でしょ」

園がぴしゃりと言ったので、勝五はあわてて言い直した。

「入門されましたか」

子供ながら、なかなかの策士である。

ねらいはわかっているので、少し焦《じ》らすことにした。

「兄の龍彦、そのころは市蔵だったが、その兄が入門したのは八歳だったな」

「八歳ですって」

勝五は随分《ずいぶん》と大袈裟《おおげさ》に父と母にそう言ったが、すぐに幸司に顔を向けた。

「幸司さんは何歳でしたか」

子供とは思えぬ巧妙《こうみょう》さだ。だれかに教えられて、知っていながら訊いてきたに決まっている。

「随分と昔のことになるので」

昔などと、十四歳の若造の言う台詞ではない。園が噴き出したのが横目で見えたが、かまわず続けた。

「はっきりとは憶《おぼ》えておらんが、六歳であったはずだ」

「兄上が八歳だったのに、よく六歳で入れましたね」

「あれは五歳のときかな、道場の先生、勝五も知ってるだろうがわたしの父だ。その父に入門させてくださいと頼んだら、まだ五歳ではないか。十歳まで我慢しろと言われた」

「で、なんとおっしゃったのですか」

毒を喰らわば皿までだと、幸司は徹することにした。それにしても勝五は、話の運びがとても五歳とは思えない。

「十歳までなんてとても待てません。わたしは五歳ですから、十歳はその倍じゃありませんか、と言った」

「そしたら六歳になれば、と言われたのですね」

「言うものか。親は、子供を甘やかしてはならぬ、甘やかすと図に乗ると思いこんでいるからな」

「でも六歳で入門できたんでしょ」

「ここを」と、幸司は顳顬《こめかみ》を突《つ》いた。「智恵を絞ったのだ」

「どんなふうに」

「木切れを拾ってきて、素振りを始めた。わざと、父の目に触れるようにな」

嘘《うそ》である。幸司はそんなことはしなかったが、勝五のやったことを自分のことのように言い換えたのだ。

「すると、子供用の木刀を買ってくれた。そして、勝手にやっていて悪い癖が付いてはあとで直すのがたいへんだからと、素振りの仕方を教えてくれた」

「いっしょです」

そう言った勝五の目が輝いている。

「ん？　なにがだ」

「勝五といっしょです。勝五もそうしましたから」

幸司は惚《とぼ》けて、「そうだったんですか」とでも言いたそうに弥一兵衛と園を見た。二人は笑いを堪《こら》えるのに苦労している。

「一所懸命《いっしょけんめい》になると、だれの考えも似てくるものなんだなあ。で、熱心に素振りを続けていたら、六歳のある日、入門を許してくれたのだ」

「だったら、勝五も六歳で入門できますね」

「できるだろう」と言ってから、幸司は何度も首を横に振った。「だが、止めたほうがいいのではないのか」

幸司のねらいがわかったらしく、弥一兵衛はニヤニヤと、園はクスクスと笑っている。だが夢中になった勝五は気付きもしない。

「どうしてですか」

「なにも教えてくれんのだ。朝はだれよりも早く出て、道場の拭き掃除をしなければならない。それから雑用と言って、兄弟子たちに次々と用を言い付けられる。暇ができたら道場の板の間に膝をそろえて坐り、兄弟子たちの稽古を黙って見るだけだ。毎日毎日、それればっかり」

「稽古は」

「八歳になってやっと付けてくれた。なんのことはない、兄が入門したのとおなじ齢だ」

「ですけど、見ているだけでもいろいろ学べるし、役に立つと言われました」

「ああ、見ているだけでもなにかとわかることもある。だが、それは自分が稽古をし、手合わせをして初めて、どこが良いとか悪いとかがわかるのだ。素振りをしているだけでは、ほとんど役に立たん。それに勝五、冬の寒さが我慢できるかな。稽古で体を動かしていると寒くはないし、汗を掻くことすらある。しかし真冬に板の間に坐っているのは本当に辛い。兄弟子に用を言い付けられると、ほっとするくらいなのだ」

「でも、幸司さんは我慢したのでしょ」

「弟子入りは十歳になってからでもかまいませんから、もう勘弁してくださいと、何度泣き付こうと思ったかわからない。だが勝五もわかるだろう、男としてそれだけはできんことが。それ見たことかと師匠や兄、それに兄弟子たちに馬鹿にされるのがわかっている。そんなに口惜しい、辛いことはなかろう」

「え、ええ」

「だから勝五、十歳まで、せめて八歳まで待ったほうがいいのではないのか」

「………」

「まるで知らなんだことを聞かされたので、びっくりしているのだろう。だから今夜は横になって、明日の朝起きてからもう一度、よっく考え直したほうがいい。真冬の道場の板の間、あの凍り付くような寒さだけは、勝五に味わわせたくないのだ」

「幸司どののおっしゃるとおりですよ。床は延《の》べてありますから、お休みの挨拶をして、今夜はもう寝なさい」

少しためらいが見られたが、やがて勝五は顔をあげた。

「幸司さん、お休みなさい。父上、お休みなさい。母上、お休みなさい」

「はい、お休み」

大人たちがそれぞれ挨拶を返すと、勝五はお辞儀をして表座敷を出て行った。

弥一兵衛が感心したように言った。

「勝五との遣り取りを聞いていてわかったが、幸司はいい指導者、道場主になれるぞ。わしは確信をもってそう言える」

「本当に。勝五はわたしより幸司どののおっしゃることに、ずっと素直でしたもの」

「それだけわたしは勝五どのに近い、子供っぽいということだと思いますけど」

笑いながらも、幸司は気持がすっかり楽になったのを感じていた。

やはり、二代目の岩倉道場主とならねばならぬとの思いが、心をおおきく圧迫していたのがわかった。

蹴殺しについては正直まだよくわからないが、思いもかけず弥一兵衛がそれを遣ったのを知った。その秘めたる話を聞かせてもらったことで、もっと柔軟《じゅうなん》な気持で蹴殺しという必殺技に取り組むべきだと、ある意味で解放されたのを感得できたのである。

そして勝五との遣り取りは楽しかったし、それを聞いていた弥一兵衛と園に認めてもらえたこともうれしかった。

番丁の東野屋敷を出て堀江丁《ほりえちょう》のわが家に帰る幸司の足取りは、宙に浮いているかと思えるほど軽やかであった。

その足取りに気付いたらしく、門から武蔵が走り出して来た。星月夜《ほしづきよ》であったが、先端の白い尻尾が千切《ちぎ》れんばかりに振られていた。

兄妹
（きょうだい）

「勝五《しょうご》に、早く入門させてもらえるよう、父上に頼んでくださいと言われましてね。あの手この手を使って、散々《さんざん》迫られたので往生《おうじょう》しました」

一

前日、夕食を終えたあとで東野《とうの》家を訪れた幸司《こうじ》は、五ツ半（九時）ごろにもどったが、やけにすっきりした顔をしていた。

源太夫《げんだゆう》が目顔で問うと幸司はそう答え、愉快《ゆかい》でたまらぬという顔になって続けた。

「とても五歳とは思えません。勝五はなかなかの知恵者《ちえしゃ》ですよ」

そうは言ったものの、どんな遣《や》り取《と》りがあったかなどには触れず、源太夫とみつに就寝《しゅうしん》の挨拶《あいさつ》をして自室に入ったのであった。

——やはり弥一兵衛《やいちべえ》だな。どうやら幸司は胸の痞《つか》えがおりたらしい。

数日前になるが、非番の東野弥一兵衛が岩倉《いわくら》道場に顔を出した。登城日ですのでそのまえにお願いしますと志願した佐一郎《さいちろう》に半刻《はんとき》（約一時間）ほど、続いて幸司に半刻ばかり稽古《けいこ》を付けたのであった。

その日の午後、鶏合《とりあ》わせ（闘鶏）や若鶏の味見（稽古試合）のための準備を終えると、幸司は一刻（二時間）か一刻半（約三時間）でもどると告げて出掛けた。源太夫は「どこへ」とは訊《き》かなかったが、弥一兵衛を訪れたということだ。

新しく入門した戸崎伸吉《とざきしんきち》の姉のすみれが、花《はな》のために描いた桜花の絵を持って来たのは数日後である。その絵をじっと見ていた幸司は黙って姿を消したが、ほどなく道場に掲《かか》げてある森正造《もりしょうぞう》の描いた「軍鶏図《しゃものず》」を手にもどった。

正造が江戸の狩野派浜町家《かのうははまちようけ》で学び、園瀬《そのせ》に帰った折に描いた絵である。源太夫は正造が、江戸に出るまえに描いた絵を持って来て並べた。見れば一目瞭然《いちもくりようぜん》で、修練がいかにおおきかったがまざまざとわかる。そのとき源太夫は、修業の意味と大切さを説《と》いたのであった。

幸司は二枚の絵を、喰い入るように見ていた。

若者らしくいろいろと思い悩んでいたであろう幸司は、弥一兵衛と話し、森正造の二枚の絵を見較《みくら》べたことで、吹っ切れたのではないだろうか。

幸司は明らかに変わったのである。

その翌日、佐一郎とたっぷりと竹刀《しない》を交えたが、一気に差を詰めたのがわかった。五本に一本取れればいいというほどの差が開いていたのに、三本に一本は取れるまでになっていた。

気迫がそれまでとはちがっていたのは、根幹に一本、筋が通ったからに相違ない。

なにかを感じた幸司は、あるいはさらにおおきな問題に気付き、弥一兵衛を訪れたのだろう。

となると、次の佐一郎との試合が楽しみであった。なぜなら五本に一本から、三本に一本にまで迫られた佐一郎が、目の色を変えていたからである。三歳年上で兄弟子となれば、なんとしても力の差を見せ付けねばおられぬはずだ。

そんな思いで翌朝、軍鶏たちの具合を見終えると、源太夫は少し早めに道場に出た。いつもより早く道場主が姿を見せたので、素振りを始めていた年少組は、甲高《かんだか》い声を張りあげた。そうしながら横目でちらちらと、源太夫を窺《うかが》うのであった。弟子はどこにいてなにをしていても、常に師匠を意識しているものなのだ。

弟子になってある程度経《た》った者は、それぞれ自分なりに調整する。

着替えた佐一郎が控室から道場に出て、いつもどおり神棚に手をあわせると、道場訓を唱えた。すでに体を解《ほぐ》し終えていた幸司が近付いて、唱え終わった佐一郎に言葉を掛けた。

「お願いできますか」

「今日は登城日なので、明日にしてくれ」

佐一郎は五ツ（八時）よりやや早く出ていたので、半刻ほどならなんとでもなるはずであった。稽古後に汗を拭《ふ》いて着物を整え、御蔵番の番所に行く時間を考慮しても、それほどあわただしくはない。

ということは、前回とおなじようにたっぷりやろうということだろう。容赦《ようしゃ》しないからな、と言ったも同然であった。

「わかりました」

幸司の表情は爽《さわ》やかで明るく、数日前まで抱いていたかもしれない蟠《わだかま》りはすっかり溶け去ったようであった。

「伸吉」

「はい」

幸司に呼ばれた戸崎伸吉が、期待を籠《こ》めた顔付きで足早に近付いた。

「投避《とうひ》稽古は続けているのか」

「毎日欠かさず励んでいます」

「道場でやっているところを見ておらんが」

仲吉は口を噤《つぐ》んだが、仕方がないとでもいうふうに、武者窓のほうに寄りながら小声で言った。

「姉に話しましたらとてもすばらしいと申しまして、すぐにお手玉を作ってくれました。ですので道場に出るまえに、毎日やっております」

お手玉は投避稽古のためにハトムギを詰めてあるので、重さと硬さが丁度《ちょうど》よかった。重いので全力で投げると威力があり、当たると相当に痛いが怪我《けが》をすることはない。

「すみれどのとか」

源太夫はすみれに武芸を続けたいとの相談を受けたことがあるが、それを幸司は知らない。

「はい。姉は母に小太刀《こだち》を習いましたので、かなり使えます。本人はもっと強くなりたいと言っていますが、父が女でそれだけできれば十分だと。ですが姉は毎日、庭で素振りと型を続けているのです。投避稽古の話をしましたら、とても興味を示しました。特に相手の次の動きが読めるようになる、どこをねらっているかわかるようになることに驚いたようです。欠かさずやっていますが、実は姉のほうが腕はよくて」

「あれから毎日やっているとなると、腕もあがっているだろう。ひとついくか」

「お願いします」

幸司と仲吉は二間（約三・六メートル）の間を取って対峙《たいじ》すると、一礼して勝負に入った。

たしかに腕をあげている。前回の三本試合は楽とは言えなかったが、いくらか余裕を持って制することができた。ところが今回、三本とも取ったが、相当に手こずったのである。

二人は見所《けんじょ》からは離れた、道場の右の端で打ちあっていた。

源太夫には竹刀を打ちあう音の間隔やその速さ、空《くう》を切る音の鋭さで自然と腕がわかる。音の速さと鋭さにおやッと思って目を向けると、幸司と仲吉であった。いつしか取り囲むようにして、弟子たちが見ている。その中に佐一郎の姿もあった。

幸司が三本を取ったが、取るには取ったものの、という感じであった。前回より時間が掛かったし、あわや、との際《きわ》どい捌《さば》きが何度もあったのである。

「ありがとうございました。もう一度願えますか」

「よかろう」

二人は改めて竹刀を交えることになった。

幸司は、自分は恵まれていると思わずにいられない。なんとしても岩倉道場の二代目道場主になると心に決めたとき、自分を高めるにはとっておきの兄弟弟子を得ることができたのだ。いや、佐一郎とはもっと早くから知っていたし、竹刀を交えていたのである。兄弟子と弟弟子として教え教えられる立場であったが、それが対等とは言えないまでも、それに近くなったのだ。

佐一郎と仲吉は、切磋琢磨《せっさたくま》のために天から授《さず》けられたのだという気がした。いや、そう言っては不遜《ふそん》だろうか。

仲吉は父親の喬之進《きょうのしん》に、たっぷりと鍛《きた》えられていた。中途半端なまま入門すれば潰《つぶ》されるので、最上段に名札を掲げられるだけにならねば、と言われただけのことはある。投避稽古を取り入れて、それをたちまちにして自分の技に活かしているし、活かせるだけの能力を持っているのだ。

凄《すご》い新人が入門したのである。これは自分にとっていい機会になると幸司は思った。

それにしてもあの小柄で華奢《きやしや》と言っていいすみれが、投避稽古で伸吉をしのぐとは意外であった。

ピシリ、と籠手《こて》を決められた。

雑念無用である。集中力を欠けば、打ちこまれて当然ではないか。

竹刀を退《ひ》いて礼をし、ふたたび対峙する。

冷静にならねばならない。

先日の、幸司に二本連取されたときの、佐一郎の狼狽《ろうばい》振りが思い出された。平常心を喪《うしな》ったために、佐一郎は崩れたのである。そのために五本に一本しか取れなかった自分が、三本に一本を取ることができたのだ。

佐一郎は幸司に迫られた当座は焦《あせ》っただろうが、改めて思い起こし、自分が冷静さを喪ったために肉迫されたことが、わかったはずである。となれば次回は、心構えを新たにして立ち向かって来るだろう。

三本に一本になっただけで、逆転された訳ではない。沈着《ちんちやく》に対応すれば、たちまち五本に一本にもどせるはずだと、自分に言い聞かせているにちがいなかった。

幸司は伸吉に対し、三本を組にして五度打ちあったが、取られたのは雑念に囚《とら》われて決められた籠手の一本だけであった。とは言うものの一本一本に手こずったため、終わったときには汗びっしょりになっていた。

春とは思えぬほど陽射《ひざ》しが強く、肌に心地《ここち》よい風も吹いていた。幸司と伸吉は下帯だけになると、稽古着を衣紋掛《えもんか》けに吊《つ》るして陽射しと風通しの良い所に干し、そのあいだに肌を拭《ぬぐ》い浄《きよ》めた。

「随分《ずいぶん》と粘り強くなったし、こちらがどう動くかの先が読めるようになったようだな」

「投避稽古のお蔭《かげ》でしょうね。教えられたときは、正直なところ半信半疑な面もありました。やってみてわかったのですが、姉の言うとおりでした」

「すみれどのが?」

「最初、勝てませんでね。姉にほとんど躱《かわ》されてしまうのです。なぜ躱せるのかと訊きましたが、笑われてしまいました。次にどこをねらうか目に出てしまうのだもの、と言われたのです。それで顔に、特に目に出ないようにしたら、おもしろいほど当たるようになりました」

「なるほど」

「ところがしばらくすると、ほとんど当たらなくなりまして」

「なぜかをすみれどのに訊いたのか」

「いえ、恥ずかしくて訊けません。訊いたとしても、自分で考えなさいと言われるに決まっています」

「厳しいのだな」

「姉には頭があがりません。でもなんとかしなければ、一生頭があがらないままになってしまいます」

幸司は思わず噴き出した。

「一生とは大袈裟《おおげさ》だな」

ところが伸吉は、釣られて笑うことはなかった。

「父の言葉を思い出したのです。なにかあると、いつもそこに立ち返るのですね。なぜだかわかりませんが」

幸司の笑いは退いた。

「すべての基本は、良く見ることだと言われました。技も人の心も、と。なにかを感じ、疑問に思えば納得のいくまで考えるがよい、とも」

基本は見ることだと源太夫に言われたと幸司が話すと、伸吉も父の喬之進におなじことを言われたと語ったことがあった。

「で、わかったのか」

「心が体に、体の動きに出ていたのだと思います」

「心と体は繋《つな》がっておるからな。なによりも肩の力を抜くことだ。でないと力んで、体が硬くなる」

もっともらしく言ったが、弥一兵衛に言われたことを言い換えただけなのに、幸司は気付いた。

「そのとおりなんですよね」

「で、すみれどのに勝てるようになったのか」

「姉が投げたものが躱せるように、投げたものが当てられるようになりました。それがいつの間にか」

「さらに読まれるようになったのだな」

「はい。でもこのままでは」

「そうだ。やるしかないのだよ」

そして翌日、幸司は佐一郎と対決したのである。

二

普段より三割は多い弟子たちが集まっていた。前回、一気に差を詰めた幸司に、佐一郎がどのように対するかが見ものだと、当日、道場に来られなかった弟子にも伝えられたのだろう。

人の目は静止したものよりも、動くものに向けられる。安定した強さより、伸びる若さに注目するのだ。

弟子たちにとって、佐一郎と幸司、そしてまだ年少組ではあるが、仲吉は目を離せない存在になったのである。

神棚を背に源太夫が見所に座を占めると、弟子たちはコの字型に、三方の壁を背にして正座した。

幸司を見て源太夫は意外な思いがしたが、なぜならまるで硬さを感じなかったからである。表情も体も動きも、どこにもぎこちなさや強張《こわば》り、気負いは見られなかった。

――ひと皮剝《む》けたらしいな。これなら案外やるかもしれん。

一方の佐一郎も、先日幸司に肉迫されたときに見せていた焦燥《しようそう》は影を潜《ひそ》めていた。

——これはおもしろくなりそうだ。

弟子たちが異様と思えるほど興奮しているのは、前回と今回における佐一郎の変わりようを見たからだろう。弟子の多くは間近に見ていたので、佐一郎の異様なまでの昂《たかぶ》りように驚いたにちがいない。ところが今日は、そんな気負いは微塵《みじん》も見られなかった。

そして闘いが始まったが、弟子たちの期待とはまるでちがう進行となったのである。

だれもが激烈な闘い、目まぐるしい攻めあい、休む間もない技の連続、瞬《まばた》きすらできぬほどの鬩《せめ》ぎあい、火の出るような攻防を期待していたはずだ。

ところが二人は、正眼に構えたまま微動もしない。まるで木像のようであった。双方が一瞬の機を窺っている、相手のわずかな隙《すき》を衝《つ》くつもりだろうと、だれもが息を詰めて見ている。

だが動かない。さながら時が停止したようであった。

弟子たちの顔が次第に赤くなり、そのうちに赤銅色《しやくどういろ》になったかと思うと、だれかがそれ以上耐えられぬとでも言いたげに、一気に息を吐き出した。それが引き金になったかのように、五十人近い弟子たちが一斉《いっせい》に溜《た》めていた息を吐き出したのである。

道場が震えるかと思うほどの、呼吸の嵐であった。続いて、これまた一斉に息を吸いこむ音がしたが、すぐに静寂《せいじゃく》が支配した。

周囲の反応に関係なく、二体の木像は静止したままであった。

このままですむはずがないではないか。一瞬にして爆裂するにちがいない。刻一刻とそれに向かっているのだ。となると、またしても息を吐けないのである。だれもが耐えているのだが、竹刀を構えた二人は見ている者の比ではないだろう。その思いが弟子たちに、さらなる忍耐を強要するのであった。またしても息苦しくなり、耐えられずに息を吐き、胸いっぱいに吸いこむ。

さらに三度目の吐くと吸うがあったが、いつの間にか見所を立った源太夫が、道場に佇立《ちょりつ》していた。右手には尺扇《しゃくおうぎ》が握られている。

「あッ」と、数限りない悲鳴に近い叫び声が漏《も》れたとき、源太夫の尺扇が佐一郎にあがっていた。

勝負の瞬間が見えた弟子は、ほとんどいなかったのではないだろうか。相手を捉《とら》えられなかった幸司の竹刀が空を切って右上方に突き出され、それを躱した佐一郎の竹刀が幸司の左首筋に決まっていた。

「続けるか」

「はい」

源太夫の問いに二人が声をそろえて答えた。

「ならば汗を拭うがよい」

佐一郎と幸司は試合開始時に立っていた場所にもどると坐《すわ》り、手際よく面を外して流れ落ちる汗を拭った。稽古着はすでに濡れていたが、手拭もすぐに汗を吸い尽くした。それでも汗が噴き出す。

それを見越していたかのように、源太夫が懐《ふところ》から二本の手拭を出し、それぞれの名を呼んで投げた。佐一郎と幸司は空中で摑《つか》み、一礼するとそれで汗を拭った。

濡れた稽古着にかまわず、二人は同時に立った。

二度目は息も付かせぬ攻防になり、激しい打ちあいが繰り広げられると期待した者が多かったかもしれない。だがそうはならず、またしても二人は木像と化したのである。そして見ている弟子たちは、おおきく息を吐き、それに負けぬだけ吸いこむ、を数度繰り返した。

双方が同時に動いたと思うと、幸司の竹刀は空を切り、佐一郎の竹刀が胴に決まっていた。

素早く尺扇を挙げた源太夫が二人に確認し、弟子たちの差し出した手拭で拭うと新たな勝負に入ったのである。

木像、それとも塑像《そぞう》。

一斉の呼気と、吸気。

三度目は幸司が決めて面目《めんぼく》を保《たも》ったが、次は佐一郎が取った。そして五本目を幸司が取ったとき、源太夫が中止を命じ、二人はすなおに従った。

本数はずっと少なかったが、時間は前回を上廻《うわまわ》っていたのである。

道場横の井戸端、柿の樹冠《じゆかん》の下では、肉親に、そして兄弟弟子にもどる。

「拭きあうとしようぜ」

幸司が首を傾《かし》げると、佐一郎がわからぬやつだなというふうに言った。

「自分で拭いてちゃ、背中をきれいに拭き切れん」

「だったら、顔や首筋、腕や腹を自分で拭いて、仕上げに背中を拭きあいましょう」

「そうだな。それがよかろう」

拭いては小桶で手拭を濯《すす》ぎ、体を拭き浄める。小桶の汚水を捨てて釣瓶《つるべ》で汲《く》んだきれいな水を満たし、体を拭いては濯ぐ。その繰り返しであった。

「先に拭かせてください」

「そうか。では頼む」

肩から腰まで均一な力で拭い、上から下へ三度で拭き終わる。手拭を濯ぎ終わると、すでに背中一面に汗が噴き出ているのであった。

拭う幸司に佐一郎が訊いた。

「なにがあったのだ」

「と申されますと」

「このまえは、おれの心の脆《もろ》さが出て不覚を取ったと思ったが、今日は心をしっかり持って臨《のぞ》んだつもりだ。それなのに」

「でも、わたしは敵《かな》いませんでした」

「とんでもない、三勝二敗だぞ。おれにとっては負けたも同然。とすれば、なにかあったと思わざるを得んではないか」

幸司は黙々と佐一郎の背中を拭き浄めたが、相手はそれ以上は問わなかった。

「すっかり気持良くなった。替わろう」

　幸司は自分の手拭をよく濯いで絞ると、佐一郎に渡して背を向けた。佐一郎はかなり強い力で拭ったが、それが返辞《へんじ》を催促《さいそく》しているのだとわかった。

「勝五と話してましてね」

「東野さまか」とそこで手拭の動きが止まり、ほどなく再開した。「いろいろ教えてもらったのだな」

「いいえ、勝五ですよ。話していて、あれこれと気付かされたのです」

「たしか五歳だろう。そんな子供になにがわかる」

「ふしぎと気があいましてね。園《その》さま。ほれ、住めば都のお園さんの渾名《あだな》で知られていることは、佐一郎さんもご存じでしょう。園さまにも笑われたのですが、どうやらわたしは勝五に近いらしくて、つまりまだ子供らしさが抜けておらぬのですよ」

　佐一郎が苦笑したのは、幸司に話す気がないと思ったのかもしれない。

「ふふふ、まあ、よかろう」と、そこで切ってから佐一郎は続けた。「しかし、尻に火が付いた感じだ。うかうかしてはおれん。よし、終わった」

　ドンと佐一郎が背中を叩いたが、手加減しなかったため、ウッと息が詰まるほどであった。おだやかに話してはいたが、鬱屈《うっくつ》したものがあるにちがいない。

佐一郎は道場にもどったが、幸司は母屋《おもや》に向かい、汗で重くなった稽古着を母のみつに渡した。そのまま表座敷で大の字になりたかったが、年少組を出てそれほど経たぬ弟子にそれは許されない。

普段なら自分より下の連中に稽古を付けるか、あれこれと指導するのだが、その気力も体力もない。

さすがに源太夫の正面となる武者窓の下は気が引けるのか、佐一郎は見所からは左手に当たる壁際で、板壁にもたれていた。幸司はその横に坐った。漫然《まんぜん》と弟子たちの稽古を見ていると、ぼんやりとした思いがつぶやきになった。

「最初の一本ですが、完全に動きを読まれていたようですね」

「うむ」

「どこでおわかりに」

なにげなく訊《たず》ねたが、佐一郎はじっと見てからニヤリと笑った。道場では稽古に関係のない私語は禁じられている。まえを向いたまま、ほとんど口を動かさずに話した。

「竹刀だからよかったが、真剣ならどちらかが命を落としていた」

問いに対する答ではなかったが、幸司は聞き直さない。

「まちがいなくわたしですね」

「だが紙一重《かみひとえ》でどう転ぶかわからん。ということは、わしであってもなんのふしぎはないだろう」

そこで話は途切れた。二人は弟子たちの熱のこもった、それともそう見せているだけの稽古を見るとはなしに見ている。

すると自然と、心の裡《うち》が言葉になってしまった。

「二本目も取られましたが、三本目はわたしにも動きが見えました。わざと、と思うしかないような動きでしたが、あれは誘いだったのでしょう。でなければ、わたしなんぞに」

「そんな余裕などあるものか」

「そうでしたか。三本目は読みのとおりで取ることができたので、四本目は逆に警戒しすぎてしまいました」

アハハハハと佐一郎が笑い声を挙げた。弟子たちが稽古そっちのけで二人を見たが、だれもがふしぎでならぬという顔をしている。先刻の勝負を思い出したので、佐一郎が笑ったのが奇異に映ったのかもしれなかった。

「そりゃ、幸司の独《ひと》り相撲《ずもう》というものだ」

「独り相撲、ですか」

「だから、幸司が雑念を払った五本目は、見事に取られた」

「そんな余裕はまるでありませんでしたが」

「相手のことを考えすぎてもだめで、一切《いっさい》無視して自分の勘だけで動いてもだめ。難しいものであるな」

「まさに難しい。その一語に尽きます」

アハハハと、またしても佐一郎が笑い声を弾《はじ》けさせた。

道場にいた弟子たちが二人を見た。

眉毛《まゆげ》一本動かさなかったのは、源太夫だけであった。もう一度笑えば叱咤《しった》の声が飛ぶ、そのぎりぎりのところであったにちがいない。

三

「稽古で疲れているところをすまないけれど、花を送り届けてもらいたいの」

昼食後の茶を飲んでいると、みつが幸司にそう言った。

「わかりました。どちらまで」

「すみれさんのところですよ。このまえ、花にきれいな絵を描いてもらったでしょう。気持ばかりのお礼をね」

「牡丹餅《ぼたもち》なの」

花が横からそう言った。

「幸司の分も作ってありますから、あとの楽しみにしてなさい」

「武蔵《むさし》とおなじで、ちゃんと言うことを聞いたらご褒美《ほうび》にもらえるのよ」

花がからかうような言い方をしたので、幸司はワンワンと鳴いてみせた。兄妹の遣り取りに笑みを浮かべながら、みつが言った。

「組屋敷の手前まででいいですからね。幸司がいっしょだと、あちらさまも気を遣《つか》うでしょうから」

「とすれば、一刻ほどで迎えに行けばいいですか」

「そんなに掛からないでしょうけど」

「だったら、濠端《ほりばた》の柳《やなぎ》の下で待つとしましょう」

「似合わないわ、幸司兄さん」

「え、どういうことだい」

「柳の木の下なら、女の人でないと」

「花はひどいやつだ、兄貴を幽霊といっしょにするのだから」

「素読《そどく》でもしておればいいではないか」

黙って茶を飲んでいた源太夫がそう言ったので、幸司は肩をすくめた。

「花に手伝ってもらったから、美味《おい》しくできてるはずですよ」

「母上、牡丹餅とおはぎ、萩餅《はぎもち》はどうちがうのですか」

幸司がなにを訊きたいのか、みつはわからなかったようだ。

「どうって」

「どちらも、小豆《あずき》の餡《あん》でご飯を包《くる》んでます。どこがちがうのです」

「男なのによく気が付いたわね。おなじ小豆でも、春は冬を越した硬い小豆なので漉《こ》し餡の牡丹餅、秋は小豆がやわらかいため粒餡で包んで、こちらは萩餅と呼びます。春は牡丹《ぼたん》の花、秋は萩の花に見立てたのではないかしらね」

「幸司」

源太夫がどうでもいいが、とでもいうふうに言った。

「はい」

「ここで牡丹餅だの萩餅だのと言っている分にはかまわぬが、道場でそんなことを言うと、笑い者になるぞ」

「はい。言いません」

「そろそろ出掛けなさい。あちらさんもお昼とお茶を、終えたころでしょう。はい」と、みつは花に風呂敷《ふろしき》包みを渡した。「それから幸司は花を送り届けたら、これを修一郎《しゅういちろう》さんの所に。ちゃんと挨拶しないと笑われますよ」

修一郎は亡くなった先妻ともよとの息子で、道場を開いたとき別家を構えることになり、源太夫はみつを後添《のちぞ》えとした。そのため修一郎の岩倉家が本家、源太夫が分家となっている。

源太夫が武芸にかまけてともよを顧《かえり》みなかったこともあって、修一郎は父に対して距離を置いていた。

その後、花の誕生の十日後に、修一郎と布佐《ふさ》に布美《ふみ》が生まれた。兄と妹のあいだが開いているのは、一人流産したからである。そして長男の佐吉《さきち》改め佐一郎が岩倉道場に入門したこともあって、修一郎の蟠りはかなり薄まっていた。

それぞれが牡丹餅の風呂敷包みを持って、幸司と花は門を出た。

すぐまえは広大な調練の広場となっているが、右に折れて東への道を進む。

「兄上。花も絵が描けるといいのですけど」

「描きたいのか」

「ただ描くだけなら、だれにでも描けるでしょうけど、すみれ姉さんや軍鶏の」

「森正造どのか、たしか顕凜《けんりん》という号だったな」

「上手に描ける人は、ちいさなときから上手なんでしょうね」

「努力で、一所懸命《いっしょけんめい》やって上手くなる人もいるだろう。人はそれぞれだから、あまり決め付けないほうがいいと思う」

「でも、上手な人はちいさなころから、夢中になったと思います」

花の歩調にあわせなくてはならない。普通に歩くと、どうしても花が遅れてしまうからだ。

下級藩士たちの屋敷地である堀江丁《ほりえちょう》をすぎ、厩町《うまやまち》の手前で右に折れると、ほどなく明神橋《みょうじんばし》を渡った。そして右に折れ、今度は濠沿いの道をおなじ距離だけ西に進むのである。

「勝五は強くなるでしょうね」

「なぜそう思うのだ」

「あの子、ちいさなころは」

思わず笑ってしまう。

「今だってちいさいではないか。まだ五歳だぞ」

「もっとちいさなころです。お花姉さんお花姉さんと言って、うるさいくらい纏《まと》わり付いてたのですよ」

「かまってくれなくなったから、寂《さび》しいのだろう、花は」

「意地悪な幸司兄さん。そうじゃありませんよ。一度、道場を覗《のぞ》いてからというものは、園さまに連れられて家《うち》に来ても、挨拶が終わるなり道場に駆けて行くの」

「そう言えば板の間に坐って、飽きもせずに稽古を見てるな」

「あんなちいさなときから夢中になるのだから、勝五は強くなると思うの」

「ああ、強くなるだろう」

先日、弥一兵衛を訪れたとき、早く入門できるよう師匠の源太夫に頼んでくれと、勝五に散々迫られたことを幸司は思い出した。話してやれば花は大喜びするだろうが、ほどなく組屋敷であった。

弓組の組屋敷は岩倉道場からは、濠に隔《へだ》てられてはいるが正面前方にある。濠に橋は少なく、特に大濠から堀之内《ほりのうち》へは大橋一本しか架《か》けられていない。敵襲に備えてのためで、目のまえにある弓組に行くにも、随分と遠廻りをしなければならなかった。

濠端には並木状に柳が植えられていて、垂れた枝が薄緑色の若葉で覆《おお》われ、そよ風に揺れていた。

「戸崎家の屋敷は知っているな」

「はい」

「では兄さんは、これを届けたら」と言って風呂敷包みを脇に抱えると、幸司は胸前で両手を垂らした。「この柳の下で、花がもどるまで待っているからねえ」

「幽霊は似合わないって言ったでしょ。それに待ちくたびれるかもしれませんよ」

「かまやしない。一年でも二年でも、待っている」

「引き止められるかもしれませんから」

「一年でも二年でも」

「くどいと、すみれさんに嫌われますよ」

不意討ちに表情を硬くした兄を見て、妹はクスクスと笑った。

「では、行ってまいります」

花を見送った幸司は、岩倉本家への道を取った。御蔵番の組屋敷は、花が向かった弓組の組屋敷から一区画離れているだけである。

幸司は親子ほども年齢差のある腹違いの兄修一郎が、なんとなく苦手であったが、それは相手にしてもおなじであったようだ。

組屋敷には修一郎に布佐、朝、道場で大いに汗を流した佐一郎と妹の布美もいた。佐一郎は午後も道場に残って鍛錬するのが常であったが、さすがに今日は疲れたのだろう。

あがって茶でもと誘われたが、花を迎えに行かなければならないのを理由に、幸司は早々に辞したのである。

濠端にもどった幸司は、手ごろな石に腰をおろした。

濠の水面《みなも》にカイツブリの親仔《おやこ》が浮かんでいた。親鳥を先頭に五羽の雛《ひな》が等間隔に並び、ゆっくりと水面を滑《すべ》って行く。左右にわかれたちいさな波が後方に続くにつれ薄くなり、やがて消えてしまう。

つい数日前、幸司が屋敷の庭先に立って濠を見おろしたとき、親鳥の背中がもこもこと動いていた。よく見ると、五羽の雛を背中に乗せていたのである。雛が幼くて思うように泳げないので、背負って移動していたのだろう。

わずか数日で雛は泳げるようになっていた。

親鳥が不意に頭をさげたと思うと羽毛の丸い塊《かたまり》のようになり、背後に黒褐《こっかつ》色《しょく》の水搔《みずか》きを見せながら水中に姿を消してしまった。雛が親の真似《まね》をしたが、うまくいかないですぐに浮きあがってしまう。

それほど間を置かずに、不意に親鳥が水中から姿を現した。親鳥はときどきそれを見せては雛を促《うなが》したが、何度も繰り返しているうちに潜れるようになるにちがいない。

人もカイツブリもおなじだなと思う。いやカイツブリだけでなく、生き物はすべておなじなのだ。

親鳥は首を真っ直ぐに立てているが、立てたままでなく、クイクイと頭が前後に動いている。顔は常に正面を見ていて、首を捩《ね》じって横を見ることはなかった。目が頭の真横に位置しているので、そのままで前方と左右を見ることができるらしい。目は真っ白な中に、黒いちいさな瞳が象嵌《ぞうがん》されたようであった。

親鳥は八寸（約二四センチメートル）くらいで、雛は一寸五分（約四・五センチメートル）あるかないかである。

カイツブリの親仔は、自由自在に水面を滑るように移動していた。濠にいるかぎり、獣に襲われる心配もないのだろう。

先頭の親鳥はときおりだが、不意に首を曲げて頭から水中に潜ってしまう。だがすぐに浮きあがるのだった。長く潜っていられないのか、雛鳥が心配なので早々に浮上するのかはわからない。

親が潜水すると雛鳥が次々と真似るのだが、水掻きの力が弱いためかうまく潜れないし、潜っても水に押しもどされでもするように、ひょいと水面に姿を見せた。

だが幸司はカイツブリの親仔を目で追いながら、いつしか見てはいなかった。瞼《まぶた》に浮かぶのは、朝の佐一郎との勝負である。ていねいに思い起こすのだが、竹刀の運びの速さに関しては遜色《そんしょく》なかったはずだ。となると動きの先を読まれたとしか思えない。

佐一郎の攻めを牽制《けんせい》して、こちらがわずかに速いと自信を持って逆袈裟《ぎやくげさ》に切りあげたのである。ところが読み切ったように外され、幸司の竹刀が空を切ったとき、佐一郎の竹刀が首筋を捉えていた。

自分が取った三本目と五本目は、幸司は佐一郎の次の動作が、見えた訳ではないが、感じることができた。それが、動きが読めたということなのかもしれない。

改めて一本目から順に、思い起こし、思い描く。取られた勝負、取ることのできた勝負を、頭の中で再現することを繰り返したのである。

「お待たせしました、幸司兄さん」

声を掛けられて顔を挙げると、笑みを浮かべた花がいた。

「おお、終わったか。早かったな」

「なに言ってるのですか。目を開けたまま、眠っていたんじゃないでしょうね」

「そんな器用なことができるものか」

「だって、とっくに一刻はすぎてますよ」

言われると、たしかに陽が西に傾いている。濠の水面にカイツブリ親仔の姿はなかった。佐一郎との勝負で頭の中が一杯になり、時間の感覚を喪っていたようだ。

照れ臭くもあったので、幸司は両掌《りょうて》で膝頭《ひざがしら》を音高く叩いて立ちあがった。花をうながして濠沿いに、来たときとは逆に明神橋に向かって東へと歩を進める。

「すみれ姉さんが、よろしくと言っていました」

「兄さんにかい」

「兄さんにも」

「にも？」

「お家の皆さまにどうかよろしくお伝えくださいと言っていましたから、多分、幸司兄さんも入ってると思うの」

「多分、思うの、かい。頼りないなあ」

「でも、良い人ねって言ってました」

「ふうん」

まるで関心がない素振《そぶ》りをするのに、たいへんな努力を要した。花はそんなことに気付きもしない。

「なにかに夢中になれる人、ですって。自分に大切なものがわかっているから、どうでもいいようなことには、ムトンチャクなんでしょうねって」

「少しはわかっているようだな」

「幸司兄さん。ムトンチャクってどういうことですか」

「物事にこだわらないということだ。だが、すみれさんはいつ」

「初めていらしたときにそう思ったそうです」

「伸吉が風邪《かぜ》を引いたので、道場を休ませたいと伝えに来たときだな」

「そのときにわかったんですって」

「あのときは母上が手拭を用意してくれたのに、道場に行って汗を掻いてはじめて、忘れたのに気付いたんだ。あわてて飛び出したら、父上とすみれさんが話してたな。そこへ母上が手拭を手に現れて。……すると、おっちょこちょいぶりを」

「それだけで幸司兄さんのことを、大物になる人だと思ったんですって。あら、元気をなくしたみたいですね」

「考えてもみろよ、一番みっともないところを見られたんだぞ」

「だからいい人だ、大物になる人だと思ったというのだから、すみれ姉さん、ちょっと変わり者かもしれませんね。あッ」

「どうした」

「いけない。幸司兄さんには言わないでねって言われてたのに」

それをつい言ってしまったということは、花はすみれに言われても厭《いや》な思いをせず、むしろうれしかったということだろう。

「あら、どうなさったの、幸司兄さん。武蔵のように鼻をヒクヒクさせて」

「墨《すみ》の匂いがしたような」

「いけない。あとで洗おうと思って」

花が両手を拡《ひろ》げると、右手の中指、人差し指、親指の先が黒いままだった。

「絵を教えてもらったのか」

「すみれ姉さんに描いてごらんなさいって、散々言われて」

そんなことはあるまい。先日の絵のお礼を言ったときに、おそらく自分も描いてみたいと言ったか、ほのめかしたのだろう。すみれとすれば、当然だが描いてみませんかと訊くはずだ。困ったような、戸惑《とまど》うような顔をしながら、花は誘いに乗ったにちがいない。

「で、どうだった」

「花は絵に向いていないと思ったの。描いていても、楽しくもおもしろくもなくて」と、少し間を置いて続けた。「目玉の小父《おじ》さまに教えていただいた、花を詠《うた》った俳諧《はいかい》とか連歌《れんが》、唐土《もろこし》のお話とか、そっちのほうがよほどおもしろいわ」

目玉の小父さまなどと親し気《げ》に言っているが、藩校「千秋館《せんしゅうかん》」の教授方盤晴《ばんせい》池田秀介《いけだしゅうすけ》である。源太夫の同期で、日向《ひゅうが》道場の相弟子でもあるので岩倉家をふらりと訪れることがあった。花のことが気に入ったというか気があうというか、難しいことをわかりやすく教えてくれるのであった。

「花は自分の名前が花だから、花のことはなんでも知りたいし、それがおもしろく、楽しいんだろ」

「そうなの。今日、すみれ姉さんとお話ししていて、それがわかったわ」

「だったら、庭に花を植えて育てたり、花のことが書かれたいろいろな本を読んだり、目玉の小父さまに教えてもらったり、ともかく花らしく花のことを楽しんだほうが、心を豊かにできると思うよ」

「ですよね。幸司兄さん」

「なんだ」

「花は花のことをもっと知りたいの」

「それがいい。ま、そのうち」

言い掛けて幸司は口を噤《つぐ》んだ。

「そのうち、なんですか」

「いや、いい」

「途中でやめるなんて、狡《ずる》いですよ」

狡いと詰《なじ》られては、言わない訳にいかない。

「どうせ、花より団子となるだろうけどね」

「ま、ひどい」

明神橋の真ん中であった。

眩《まぶ》しいので濠に目を向けると、西にかなり傾いた太陽が、水面を黄金色《こがねいろ》に輝かせて反照していた。

四

「お邪魔いたします」

その声を聞くなり花は立ち上がっていた。

「すみれ姉さんだわ」

そのままにしているよう布美に目顔で伝えると、花は玄関に急いだ。

「姉さんって……」

怪訝《けげん》な顔になって布美がつぶやいた。

「おはようございます、花さん。お客さまのようですから改めますね」

そろえられた履物《はきもの》に目を落として、すみれはそう言うと出ようとした。

「ちょうどよかった。すみれ姉さん、紹介したい人がいらしてますから、おあがりください」

「でも」

「従姉妹《いとこ》とおなじ、と言ってもいい人ですから、気になさらずに」

手こそ取らなかったが、花はすみれを表座敷に導いた。

顔をあわせるなり、すみれと布美は戸惑い気味に会釈《えしゃく》した。

示した場所にすみれが坐るのを待って、花が言った。

「すみれ姉さん、こちらが布美さんです。布美さん、こちらがすみれ姉さんです。わたしはなるべく早く、お二人に会っていただきたいと思っていました。これを機会に、どうかよろしく願いますね」

とは言われたものの、事情が呑《の》みこめないからだろう、すみれと布美は困惑《こんわく》気味に頭をさげた。

先に訊いたのは布美である。

「花さん。お姉さんって」

「わたしには姉がいないから、そう呼ばせてもらってるの。弓組戸崎さまの」

「戸崎さま」とつぶやいてから、少し考え布美は言った。「もしかして、仲吉さんのお姉さまでしょうか」

「仲吉をご存じなの？」と驚きを隠せず、すみれは花を見た。「そうしますと」

「布美さんは岩倉本家の」

「佐一郎さんの妹さんでしょうか」

「はい。すみれさんは兄を」

「仲吉が佐一郎さんと幸司さんは凄いと、いつも噂《うわさ》しています」

「兄の佐一郎も、仲吉さんと幸司さんの話ばかり。毎日が楽しくてならないと言っているのですよ」

「これでようやく繋がりましたね。わたしはできるだけ早く、すみれ姉さんと布美さんに会ってもらわなければと思っていたのです。それがこんな形で叶うなんて、とてもうれしいわ」

「三人とも兄が」と、そこで布美は言い直した。「あ、すみれさんは弟さんでしたけど、岩倉道場の兄弟弟子ですから」

「とすればわたしたちも、姉妹と言ってもいいのではないでしょうか」

　花が無邪気に言うと、すみれがそのまえにとでも言いたげに訊いた。

「花さんはさっき、布美さんとは従姉妹とおなじですからとおっしゃっていましたが」

「そうなんですよ。それに生まれたのが、十日しかちがわないんです。だから従姉妹というより、ほとんど姉妹、それも双子みたいなものかもしれません」

わずか十日のちがいなのに、後添いであるみつの娘の花が叔母《おば》、先妻ともよの孫となる布美が姪《めい》となる、奇妙な関係が生じてしまった。そのため周りの大人たちは、「従姉妹のようなもの」と曖昧《あいまい》な言い方をしてきたのだ。

しかし花も布美も九歳なので、自分たちが従姉妹ではなく、叔母と姪の関係にあることに気付いていた。だが二人とも、周りの人には曖昧なままにしていたのである。

「あの、すみれさん」と、布美が言った。「こんなことをお訊きして、気を悪くなさらないでほしいのですが、弓組のお屋敷からお一人でいらしたのですか」

「若い娘が一人で出歩くのを、親がよく許してくれたとおっしゃりたいのですね。でしたら大丈夫ですよ。わたしは八歳から母に小太刀を習いましたから、大抵《たいてい》の男の子にならば負けません。それになにかあったら、すぐ逃げます。体はちいさいですが、駆けっこは早いですから」

「うらやましい。わたしなんて、とても一人では出してもらえませんから。今日も道場に来る兄に付いて、こちらに」

そこへ母のみつが入って来た。

「すみれさん、よくいらっしゃいました。このまえは素敵な絵を、ありがとうございました」

みつがすみれのまえに湯呑茶碗《ゆのみ》を置き、布美と花の茶碗を新しいのと取り換えた。そして桜餅の小皿をそっと添えた。

「こちらこそ、お気遣いいただきまして」

「花、良かったではないですか。お二人を紹介したいと言っていたのだから」

「これが、母上のよく言われる縁なんでしょうね」

「あの」

布美がだれに訊けばいいのか、というふうな言い方をした。

「素敵な絵、と申されますと」

「そうなんですよ。布美さんにも、ぜひ見ていただかなくては」

失礼しますねと言ってみつは席を外したが、すぐに一枚の絵を持って来て布美のまえに置いた。

「きれいな桜の絵ですね。あッ、これをすみれさんが」

「花のために描いてくださったの」

みつがそう言うと、花は鼻を蠢《うごめ》かせた。

「弥生《やよい》、三月、花盛り。だからわたしは花と名付けられたんですって」

花はその言い廻しが、よほど気に入っているらしい。

「いいですね。うらやましい」

「布美さんのお名前も素敵ですよ。父上のお気持が籠められていますもの」

みつに言われたが、布美には訳がわからなかったようだ。

「父のですか」

「父上の、いえ、ご両親の」

「両親、……ですか」

布美は、ますます訳がわからなくなったようだ。

「布美さんのお母さまのお名前は」

「布佐ですが」

「父上は布佐さまのように、美しく育ってもらいたいとの願いを籠めて、布美と名付けられたのだと思います。お名前のとおりになられました」

布美は黙ってしまったが、その頬《ほお》が次第に紅潮《こうちょう》し始めた。

「お兄さまのお名前が佐一郎さんですね」

「はい。元服して佐吉から佐一郎に」

「父上のお名前は修一郎さまでしたね」

「あッ」と言って、すみれはあわてて口を押さえた。「ごめんなさい」

「いいのですよ。すみれさんには、おわかりのようね」

「でも」

「聞かせてくださいな」

　みつはそう言ったが、さすがにすみれは戸惑ったようである。みつの笑顔にうながされてすみれは言った。

「修一郎さまの一郎と、布佐さまの佐を繋げたのでしょうか」

「だと思いますよ。わたしは名付けた本人ではありませんから、そうですとは言えませんけれど」

「わたし、きっと」と、布美が言った。「そうだと思います。今まで考えたこともありませんけれど」

「すごいですね」と言ってから、花は言い直した。「名前を付けるだけなのに、そのような思いが一杯詰まっているのですもの」

「だって名前は、その人が一生付きあうことになりますからね。とても軽い気持でなど付けられないでしょう」

「するとすみれ姉さんは、やはりあの句かしら」

花がみつにそう言ったが、布美には訳がわからない。

「布美さんはいらっしゃらなかったですから」と、みつが説明した。「受け売りですけれど、芭蕉《ばしょう》という人に、山路《やまじ》来て何やらゆかしすみれ草、という俳諧《はいかい》があるそうなの。だからご両親が、奥ゆかしく育ってほしいとの思いで」

「でしたら、わたしは親不孝な娘です」

「あら、なぜかしら、すみれさん」

「とんでもないお転婆《てんば》娘《むすめ》に、育ってしまいましたから」

「小太刀を習われたから、男の子には負けないんですって」

「でもそれは、女としてのたしなみですからね。とてもおしとやかですよ、すみれさん」

「すると幸司兄さんは」と、花は顔を輝かせた。「幸せを司《つかさど》る、なのですね。母上にお訊きしますが」

「なにかしら」

「来年、兄上は元服でしょう。もう、新しいお名前は決まっているのですか」

「元服名は烏帽子親《えぼしおや》が付けてくださるの。そのお方の、お名前の一字が付けられることが多いそうですよ」

花は首を傾げた。

「龍彦《たつひこ》兄さんは元服まえが市蔵《いちぞう》で、烏帽子親は御中老の芦原讃岐《あしはらさぬき》さまでした。どちらにも龍と彦は入っていませんけれど」

源太夫とみつが養子とした市蔵は龍彦と名を改め、藩費で長崎に遊学中であった。

「かならず付けなければならない、というものでもないのでしょう。父上は藩校や日向道場を通じて御中老さまに親しくしていただいたので、相談されたのかもしれません。あ、いけませんね。お客さまがお見えなのに、わたしたちだけで話してしまいました。では、すみれさんと布美さん、ゆっくりなさってください」

みつは二人に頭をさげると部屋を出た。

少女と、ようやく娘になったばかりの三人である。まるで示しあわせたように桜餅に手が伸びる。食べ終わって、最初に口を切ったのは布美であった。

「すみれさんは凄いですね。小太刀を遣われる上に、絵も描かれるんですもの。小太刀を習われることになったのは、どういう理由からかしら」

布美には若い娘が小太刀を遣うこと自体がふしぎでならないらしい。

「母に習いましたが、母は娘時代に父親から習ったらしいんです。父といっしょになってからは、人に見られないように気を付けながら、裏庭で素振りや型を続けていました。初めてそれを見たときは、それは驚きました。母のそんな厳しい顔を、見たことがありませんでしたから。でも厳しいだけではなかったのです」

「と申されますと」

布美は興味を示したようだが、それ以上に興奮し、瞳を輝かせていたのは花であった。なぜなら初めて聞く、すみれと母親の一面だったからである。

「娘心にもきれいだと思いました。顔が活き活きして、肌が内側から輝いているようで。母が楽しくてならないのが、子供心にもわかったのだと思います。母のそんな顔を見たことがありませんでしたから、それほど夢中になれるのなら、自分もぜひ教わりたいと思ったのです」

「それが八歳のときだったのですね」

布美はすみれの、先刻の話を思い出したのだろう。だがすみれは首を振った。

「四歳か五歳だったと思います。わたしに見られていたと知って、母はとても驚いたようでした。教えてくださいと頼んだのですが、だめだと言われたのです」

「なぜかしら」

布美と花が同時に訊いていた。

「体ができていないので、そんなにちいさなときから始めると、体を壊すか歪《いびつ》にしてしまうと言われました。だから、せめて八歳になるまで待ちなさいと」

「それまで我慢したのですね」

「はい。我慢するしかありませんから。八歳になったわたしは、新年の挨拶をすませるなり、母に約束を果たしてくださいと迫ったのです。それなのにひどいではありませんか」

「なにがでしょう」

「母は忘れていたのです。それも、すっかりと」

布美と花は思わず顔を見合わせた。

「まさか」

「わたしも思わず言いました、まさかって。ひどいでしょう。母はちいさな子供のことだから三、四年もすればほかに夢中になるものができて、忘れてしまうだろうと思っていたんですすって」

「だけど、すみれ姉さんは忘れなかった」

「忘れるものですか。あと何ヶ月、あと何日って指折り数えてましたから」

「教えていただいたのですね」

「渋々でしたけれど。でもわたしは楽しくてならなかったのです。あの日の、最初に見た日の、活き活きした母のようになれるのだと思いましたから」

「うらやましい」と、布美がつぶやいた。「すみれさんは小太刀でしょ、それに絵までお描きになる。花さんは庭で花を育て、花の俳諧とか連歌とか、花に関わることに夢中になっている。わたしは夢中になってるものなどないし、これからだって」

「花さんと十日しかちがわないのですから、布美さんは九歳でしょう。いつか、いえ明日にかもしれませんけれど、これはってことにきっと巡りあえると思います」

「だとしても、親が許してくれないかもしれません」

「簡単に諦《あきら》めなければ、きっと許してくださるのではないかしら」

「男の兄でさえなんとかでしたから、女のわたしなどとても」

布美の悲観したような顔を見て、すみれは思わず花を見た。家庭の事情もあるだろうから、迂闊《うかつ》なことは言えないと考えたらしい。

そんな思いに気付くことなく布美は続けた。

「祖父が岩倉源太夫という名の知られた剣士で、道場主だと知った兄は、父に入門させてほしいと頼みましたが、父は頭を縦には振りませんでした」

すみれが思いに耽《ふけ》るような顔になったのは、花が布美を従姉妹のようなと言ったのに、布美が花の父の源太夫を祖父と言ったからだろう。どうやら複雑な事情があるのだろうが、まさかそれを問《と》い質《ただ》す訳にもいかないからだ。

「兄は知恵を絞って、岩倉道場への弟子入りを許してもらえないなら、ほかの道場に入れてもらうと訴えたんです。父の父が道場主なのにほかの道場に入れば、世間の人はあの一家には、一体なにがあったのだろうかと思うでしょう。だから父は、しかたなく許したのだと思います」

「ですからね、どんなことであろうと、なんとかできるのではないでしょうか。布美さんがおもしろいとか、楽しいと感じたものがあれば、学べないことはないはずです」

「そうですよ、布美さん。すみれ姉さんのおっしゃるとおりだわ。だから諦めないでね」

花の言い方が、姉さんぶって聞こえたのかもしれなかった。わずか十日しかちがわないのに、との反発があったのだろうか。布美はいくらか意固地になったようである。

「そりゃ、やりたいことがあればいいでしょうけれど、むりして探すことはないと思います。わたしはごくありきたりかもしれないけれど、でも不満は感じていないわ」

「わたしは、そんなつもりで言ったのではないけど」

花には布美が意地になった理由がわからなかったのだろう、戸惑いを覚えたようであった。

「母に手習や、縫物、作法、お茶や活《い》け花《ばな》を習っているけれど、わたしはそれが楽しいし満足なの。女として家のことがちゃんとできるって、素晴らしいと思うわ」

「布美さんのおっしゃるとおりね。女としてひと通りのことができた上で、なにか夢中になれるものがあるといい、ということだと思います」と言って、すみれはぺろりと舌を出した。「わたしも、そういうことがちゃんとできてから、小太刀や絵を楽しめるようにしなければね。なんだか、布美さんに大切なことに気付かされたわ。どうもありがとう」

九歳の布美に較べると、十三歳のすみれはやはり年上だけのことはあった。

「お礼を言われると、却《かえ》って困ってしまいますけど」

「でも、おなじ年ごろの三人が集まっただけでも、いろんな考え方があることがわかったのだもの、これからもときどき会って、あれこれと話したいわね」

すみれに言われて、花はなにかに気付かされたようであった。

「そうか、こういうことを大切にしなければいけないのね」

「なにを一人で納得してるの、花さんは」

「兄が言っていたことを思い出したの。これまで毎日、決まった顔触れと稽古をしてきたでしょう。するとね、そういうものだと思ってしまうんですって。そこに伸吉さんという新弟子さんが入って来ました。その考え方、遣り方がこれまでと随分ちがっている。すると、自分の遣り方でいいのかと、全部洗い直してみたんですって。それで、今まで思ってもいなかったいろんなことが、まったくちがって見えたし、それまで考えてもいなかったことに気付かされたそうです」

「花さんが、とてもいい場を設けてくれたのね」

「これこそ縁だと思うわ。母がね、会うべき人はどんな事情があっても、かならず会うようになっているんですって」

「だから今日、こうして三人は出会ったにちがいないわ」

「だからときどき会いましょ」と、布美が言った。「実はわたしもね、なにかやるべきことがあると思うの」

「あるわ。きっと見つかりますよ」

花の言葉に被《かぶ》せるように、すみれが布美に言った。

「布美さんはわたしがお送りしますね。楽しかったのでつい長居してしまいました。そろそろお暇《いとま》しなければ、母に叱《しか》られます」

昼食を食べていってもらおうと思って座敷に近付いたみつは、その場で立ち止まった。そのような不躾《ぶしつけ》なことは、断じてしてはなりませんと言われている武士の娘が、応じるとは思わなかったからである。

娘の花がいい繋がりを得られたことが、みつは母としてうれしかった。

五

佐一郎に対して五本に一本取れたら良かった幸司が、三本に一本は取るようになり、あれよあれよという間に、二勝三敗の結果を残してしまった。

しかも決してまぐれでなく、また佐一郎の弱点を見破ったからでもないことは、たちまちにして証明された。佐一郎と変わらぬ力量の弟子に対しても三本に一本、五本に二本、七本に三本と、ほとんど互角に近い成績を挙げるようになったのである。

ほどなく兄弟子たちを追い抜くのではないか、そう思う者は多かったはずだ。佐一郎は十七歳だが、ほかの者も十八、九歳から二十代、三十代である。それに対して幸司はわずか十四歳であった。

「一体なにがあったのです」

「突然、なにかが閃《ひらめ》いたのですね」

「どなたかに、耳打ちされたのですか」

中にはお伽噺《とぎばなし》のようなことを言う、入門したばかりの年少組もいた。

「夢に仙人が現れて、こうすればかならず強くなれる、そう告げられたんでしょう」

真面目《まじめ》な顔で言われると、ついからかいたくなる。

「なぜ、わかるのだ。隅に置けないやつだな」

だれだって強くなりたい。それだけに、目に見えて強くなった者を見れば、なにかがあったはずだと思わずにいられないのだろう。であれば、なんとしても知りたいと思うのが人の情というものだ。

幸司はあれやこれやと、何人から訊かれたかわからない。いや、同年輩の者や兄弟子からもそれとなく訊ねられたり、ほのめかされたりもした。

そのうちに、実に都合のいい言い廻しを思い出したので、以後はもっぱらそれを使うことにした。

「稽古は決して裏切らない」

これである。

入門すればだれもが、師匠や兄弟子から稽古の厳しさを言われ、そのあとでかならずそう付け加えられる。以後もその言い廻しは、呪文のように唱えられるのであった。

「真面目に稽古に励めば、ある日なにかをきっかけに、これだと思い至ることがある。すると一段も二段も強くなるのだ。だからどんなに辛くとも稽古を怠《なま》けるな。稽古は決して裏切らないからな」

だれもが耳に胼胝《たこ》ができるくらい言われていたが、繰り返されるといつかうんざりし、聞き流すようになってしまう。

幸司はそれを信じて、苦しくても耐えてきた。それが実を結んだのであれば、もっともっと精進《しょうじん》したいと思う。つまりだれに言われたのでもない、真面目に稽古を積み重ねただけなのだ。

そして突き詰めれば、そこに行き着くのである。

なにかのきっかけがなければ、急に腕をあげられるはずがないのは事実だろうが、幸司には思い当たることがない。だから、「稽古は決して裏切らない」と言うしかなかったのだ。

それでも納得しない者にはこう言った。

「実はな、ある人と話していて、あ、そうかとわかったんだ」

「でしょう。そうだと思っていました。で、どなたと話したのですか」

「迷惑が掛かるから、それは勘弁してもらいたい」

「兄弟子に聞いたなどと、名前を出したりしませんから教えてくださいよ」

「だめだ。訊きに行くに決まっているから教えられない。それに、おれが勝手にそう思っただけで、その人はそんなこと知りもしないはずだからな。おまえが行っていろいろ聞いても、なにを言われているのか訳がわからないと思う」

「そんなことありませんよ。順を追って丁寧《ていねい》に話せば、きっとわかってもらえます」

「それみろ、やはり聞きに行くつもりじゃないか」

「いえ。万が一、話すことがあればってことですから」

「それに、おれは閃いたかもしれないが、おまえはなにも感じないかもしれない」

「話してみなければ、わかりませんよ」

「やはり話す気なんだ」

相手が溜息を吐くのを見てから、幸司はおもむろに言った。

「今言ったようなことを心に留《とど》めた上で、おれの名前を出さないのであれば、名前だけは教えてもいい」

「ぜひ、お願いします」

「東野さまの」

「師範代をされていた東野さまですね。だったら納得です。このまえ稽古を付けていただいたでしょう。強くなられたので、東野さまも話していいと思われたのですね」

「話は最後まで聞かなければならない。おれは東野さまの、と言っただけなのに」

「だから、師範代をされていた」

「早とちりだというのだ。続きを聞かずに早呑みこみするから、そういうことになる」

「ですが、そうしますと」

「ご子息の勝五どの」

相手はしばらく口を開けていたが、それから笑い出した。

「ご冗談を。だって、まだほんの子供ですよ」

「そこだ」

「どこですか」

「つまらぬことで調子をあわせるでない」

「すみません」

「子供だからと馬鹿にしてはならないぞ。子供だからこそ、おれに見えないことが見えることもある。おれだって子供時分には感じる鋭さを持っていたのに、大人になるにつれてどこかに置き忘れ、それぱかりか自分がそういう力を持っていたことさえ、忘れてしまったのだ」

言われて思い当たることがあったのか、相手は目に真剣な色を濃くした。

「おれのような若造が悟《さと》ったようなことを言うと、大人には笑われるだろうな。だが勝五どのと話していて、おれはいろんなことを思い出したし、気付かされたのだ。人はおおきくなるにつれて、さまざまなことを知る。知っただけなのに、知恵が付いたように思いこんでしまうのだな」

「知るということは、知恵が付くということではないのですか」

「知恵とは知ったことを活かすことで、知っただけでは知恵が付いたとは言えない」

「なんだか、お坊さんの話のようですね」

「だからおれは勝五どのと話していて、忘れていた大事なことをいっぱい思い出したのだろうと思う。稽古に関しても、あれこれと気付いたのかもしれん」

「例えばどのような」

「体が感じたようだということだから、こうこうこうだからこうなのだ、と言葉で言えるようなことではない」

相手が狐《きつね》に抓《つま》まれたような顔をしているので、幸司は念を入れてはぐらかした。

「ああ、言葉で説明してやりたいし、それができれば、おれもどれだけ楽なことだろう」

なにか言いたそうではあったが、さすがに相手はそれ以上訊くのを諦めたようである。

多くの弟子を育ててきた源太夫は、なにごとにも壁があることに気付いていた。持って生まれた体力とか、個人の能力に差があるのは仕方がないが、それとはべつに壁、あるいは一本の線のようなものがあるのを感じずにいられない。

横に引かれた一本の線、努力することによって、その線にまで浮上する者はけっこういる。ずらりと並んで、その線に頭をくっつけているのだ。線に達しても、それを越えることは至難《しなん》であった。

ところが稀《まれ》に、その線をひょいと越えてしまう者がいる。線に頭をくっ付けたと思う間もなく、簡単に越える者もいないではない。それはひと握りにも満たぬ、まさに天賦《てんぷ》の才を有した稀人《まれびと》だ。

線に頭をくっつけて、かなりのあいだ苦しみ、悩み抜いた末に線の上に出られる者が、わずかだがいるのだ。

幸司はもしかしたらそれかもしれない、と源太夫は思わざるを得なかった。わが子ゆえに期待しすぎるとか、贔屓目《ひいきめ》に見るため点が甘くなることがある。それもあって慎重が上にも慎重に、冷静に見ることを自分に課していた。

かなりの差をあけられていた兄弟子に、幸司は急激に迫っていた。三本に一本、五本に二本、七本に三本が取れるようになったと思うと、ほどなく並んでしまったのである。そればかりか、三本に二本、五本に三本、七本に四本と、優位に立つことさえあったのだ。

ある夜のことだ。幸司と花が挨拶して寝に就くと、源太夫とみつは静かに茶を飲んだ。

「幸司がようやくのこと、目を醒《さ》ましたようだ」

「お気づきになられましたか」

源太夫は思わずみつを見た。それが毎日のように、道場で息子を見ている道場主に対して言う台詞《せりふ》か、と呆《あき》れてしまったのである。

「心を決め、胆《たん》が据《す》わったようだから本物だとは思うが、それだけにちゃんと見守ってやらねばならん。横から変な口出しをしてはならぬ」

「ですが、気懸《きが》かりなことが」

「おまえに、なにがわかるというのだ」

「なにもそのような言い方をされなくても」

「わしは毎日、見ておるのだぞ。それとなくではあるがな」

「それはわたくしにしましても」

これほど頑固《がんこ》な女であったのか、と呆れ気味に源太夫はみつを見た。

「もしかして、二人から」

「二人から、だと。一体なにが言いたい。それに、だれとだれなんだ」

「それとなく見てらっしゃるなら、当然おわかりでは」

「それは皮肉か。大勢いる中で、いかにして二人に決められたと言うのだ」

「大勢ですって？　なにをおっしゃりたいの」

「それこそ、こちらの台詞だ。二人と言うなら、だれとだれなんだ」

「決まりきったことではありませんか。すみれさんと布美さんですよ」

「なんだと」

「すみれさんが幸司のことを気に入ってくれているのは感じていましたが、どうやら布美さんも幸司のことを好きらしいのです。このまえ、それがわかりました。気持が決まったようだとおっしゃいましたが、そうしますと幸司はどちらを」

「そんなくだらぬことを言っておったのか」

「くだらぬこととは、あんまりです。一生の中でも一番大事なことではありませんか、自分の伴侶《つれあい》を決めるのですから」と、そこでみつは口に手を当てた。「そうしますと、おまえさまはなににについて」

「なにかと迷っておった幸司が、ようようのこと岩倉道場を継がねばと、それにふさわしいだけの腕を磨《みが》き、人を導ける男になろうと心を決めた、その胆が据わったと言いたかったのだ。ほかになにがある」

まじまじと源太夫を見たみつが、ちいさく噴き出し、あわてて口を押さえた。釣られるように、源太夫も苦笑せざるを得なかった。

ともに、どうして会話がちぐはぐだったかに気付いたのである。

「二人がまるっきりべつのことを考えていながら、それにしてもよく話を続けられたものですね。なんだか変だと思いはしましたが」

「まったく、馬鹿馬鹿しいにもほどがある。ところで布美どの、とはどういうことだ」

「このまえ、布美さんが遊びに見えているところに、すみれさんが訪ねて見えました。それで三人で話していたのですがね。わたしはずっといっしょではなく、挨拶をしたり、茶菓子を出したりしたりしただけですが」

「布美どのが幸司を好いていると感じたのだな。子供のときから知りあっておるが、以前から好いておったのか」

「そんなことは思ったことがありませんでしたが、すみれさんが幸司を好いているらしいと感じて、急に思いが強まったのではないかと思うのです。布美さんにすれば、自分は昔から知っているのに、急に現れた娘に横取りされてたまるものか、と」

「そういうことになると、わしにはまるでわからぬが、幸司のほうは一体どうなんだ」

「すみれさんに惹《ひ》かれているのではないかと、思います」

「頼りないな。母親ならそのくらい、わかりそうなものではないか」

「無茶を言わないでくださいな」

「とすれば、どうすればいいのだ」

「幸司を問い質す訳にはいきませんから」

「当分のあいだ、ようすを見るしかないか」

「そういたしましょう。気を揉《も》んでも、仕方がありませんもの」

道場を継ぐということと、どちらに重みがあると思っておるのか、と源太夫は改めてみつを見たのであった。

異界
　い
　　かい

一

蹄《ひづめ》の音が門から入って来たので、岩倉源太夫《いわくらげんだゆう》は何事かと思ったが、ほどなく聞き覚えのある声がした。

「ああ、そのまま続けてくれ」

稽古《けいこ》を中断しようとする弟子たちを、両手で抑《おさ》えるようにしながら道場に現れたのは、次席家老の九頭目一亀《くずめいっき》であった。

立とうとした源太夫を制して、一亀は目顔《めがお》で坐《すわ》らせた。

「見所《けんじょ》は道場主の座ではないか。なに、ふと思い立って、見物させてもらおうと思うたのだ。気を遣《つか》わんでくれ」

言いながら源太夫の左手の床板に坐ると、その斜め後ろに家来が控えた。

——神出鬼没《しんしゅっきぼつ》の一亀さんのころと、少しも変わらぬな。

武家には踊ることはおろか、見ることすら禁じられている園瀬《そのせ》の盆踊りを、頬《ほお》被《かぶ》りして踊っていたことが発覚し、一亀は就任したばかりの家老から、裁許奉行《さいきょぶぎょう》に格下げされたことがあった。

裁許奉行は、家老が病気に罹《かか》るとか怪我《けが》をした場合の代行が役目である。家老が健康であれば月に一度だけ役所に顔を出し、町奉行や郡代《ぐんだい》奉行の手に負えない訴訟を裁き、願いに対して許可を与えるか否《いな》かの判断を下す。

実際には膨大《ぼうだい》な書類を確認しながらの、たいへんな仕事である。だが禄《ろく》が高いにもかかわらず月に一度の務めでよいことから、「遊び奉行」と羨《うらや》ましがられ、滅多《めった》に公務の席に出ないため「影奉行」とも呼ばれていた。

裁許奉行時代の一亀はどこにでも顔を出し、身分や職業に関係なく、あらゆる階層の人たちと気さくに語りあったと言われている。やがて身分は高いのに開けっ広げで、底意を持たぬ害のない人物、が定評となった。

実は藩を私物化して利潤を貪《むさぼ》っていた国家老派から、藩政を藩主家に取りもどすために進められていた計画の一環として、比較的自由に動ける裁許奉行を隠《かく》れ蓑《みの》に、秘《ひそ》かに調べ事をしていたのであった。国家老派の目を晦《くら》ますための行動が、神出鬼没の一亀さんの愛称を生み、藩主の腹違いの兄は領民に圧倒的に親しまれたのである。

そのころと少しも変わらないと源太夫は感じたのだが、見学のため気楽に立ち寄っただけでないのは一目でわかる。従者である二人の家士《かし》のほかに、胴と面籠《めんこ》手《て》、稽古着と竹刀《しない》を持った中間《ちゅうげん》を連れていたからだ。

馬の口取りや鎗持《やりも》ちなど何人かは、道場に入らず屋外に待機していた。庭に置かれた床几《しょうぎ》に腰掛けて、唐丸籠《とうまるかご》に移された軍鶏《しゃも》を眺めている。

弟子たちが緊張しているのは当然だろう。前触れもなく次席家老が見学に来たのだから、普段どおりやれというのがむりというものだ。

三箇所に分かれた弟子たちは、力量に応じて地稽古、掛かり稽古、打ちこみ稽古に励《はげ》んでいた。全体がいつもより落ち着いて感じられるのは、年少組が午前中は藩校「千秋館《せんしゅうかん》」で学ぶ日だからである。そのため黄色い声は聞こえない。

竹刀を打ちあう音や空《くう》を切る音、気合声にときおり屋外の馬の嘶《いなな》きが混じる。馬は兎《うさぎ》のような小動物が傍《そば》にいると落ち着くと聞いたことがあるが、軍鶏はどうなのだろう。嘶きだけでは、気分が良いのか悪いのか源太夫には判断できない。

四半刻《しはんとき》（約三〇分）ほど見物していた一亀が、源太夫に顔を向けた。

「わしも汗を流そうと思うのだが」

「稽古着や竹刀でしたら、こちらに用意してありますのに」

「使い慣れた物でないと、しっくりと来ぬでな。何人かに相手をしてもらおうと思うのだが、かまわぬか」

「もちろんですが、だれにいたしますか」

一亀が指名したのは幸司《こうじ》と佐一郎《さいちろう》であった。わずかな時間、弟子たちを見ていただけなのに、二人になにか感じるところがあったらしい。

源太夫には戸崎伸吉《とざきしんきち》の口惜《くや》しがりようが、目に見えるようであった。朝一番に道場に姿を見せて拭《ふ》き掃除《そうじ》をし、各種の型で素振りをした伸吉だが、この日は千秋館で学ぶ日なので稽古を途中で切りあげている。入れちがいのように一亀一行が道場に現れたのを、あとで知ることになるからだ。

源太夫は弟子の一人に、着替えのため一亀を控室に案内させた。稽古着などを持った中間が後を追ったが、二人の従者は坐ったままであった。

幸司と佐一郎を呼ぶと、源太夫は次席家老から稽古相手の指名があった旨《むね》伝えた。さすがに二人とも興奮を隠せないでいる。

「面擦《めんず》れが、おできですね」

そう言ったのは佐一郎であったが、見るべきところはちゃんと見ていたらしい。防具の面を被《かぶ》ることによって、揉み上げの毛に独特の縮れたような癖《くせ》が出るのは、相当に励んでいるからこそで、弟子の中にも何人もいる訳ではなかった。

「御家老は江戸においでのころは、馬術、鎗術《そうじゅつ》、剣術に相当励まれたとのことだ。今もかなり鍛錬《たんれん》されているであろう。おそらく地稽古になると思うが、遠慮することはないので胸を借りるつもりで力を出し切るのだぞ」

戸惑《とまど》いながらうなずくと、二人は顔を見あわせた。

「待たせたな」

ほとんど時間を掛けずに姿を見せたのは、着替えや防具を着けるのに慣れているからだろう。

「どちらから先に相手をしてもらえるかな」

二人が同時に一歩踏み出したが、わずかに佐一郎が早かった。

「岩倉佐一郎でございます。よろしくお願いいたします」

「岩倉……」

源太夫と同姓なので、一亀は意外に思ったらしい。

「長男の倅《せがれ》でして」

少し間があった。

「おお、さようか」

一亀は幸司には会ったことがあるが、佐一郎とは初対面であった。

家老が二人を相手にするとわかった時点で、弟子たちは稽古を中断し、壁を背に正座していた。まさかそんな場面を見ることができるとは思ってもいなかったからだろう、だれもが目を輝かせ、頰《ほお》を紅潮《こうちょう》させている。

源太夫は尺扇《しゃくおうぎ》を持って二人を立ちあわせることはせずに、一亀に任せることにした。

「防具を着けておるゆえ、遠慮せずに打ちあおうぞ」

一亀に言われ、佐一郎は深々と頭をさげた。

「よろしくお願い致します」

両者は三間の間を取って一礼すると、さっと詰めて竹刀の先を触れた。ふたたび間を取ると、佐一郎は中段に、それを見て一亀は八相《はっそう》に構えた。八相は、相手のいかなる攻めにも対処できる構えとされている。

佐一郎の打ちこみを、一亀が撥《は》ね返すことから激しい攻防が始まった。三十六歳という脂《あぶら》の乗り切った一亀の動きは素早く、若い佐一郎が容易には攻め切れない。

双方が決められぬまま、四半刻もすぎたであろうか。

「よし。ここまで」

「ありがとうございました」

二人は礼をして別れたが、佐一郎のほうが遥《はる》かに多く汗を掻《か》いていた。

続いて幸司との対決となったが、打ちあいが始まってほどなく弟子たちから「あッ」と声が漏《も》れたのは、幸司が籠手を決めたからである。これにはだれもが興奮したが、それが醒《さ》めぬうちに今度は一亀が胴を取った。以後も二人は接戦を繰り広げたのである。

佐一郎のときとはまるで異なる展開になったので、弟子たちが驚きを隠せなかったのはむりもない。

「よし、いいだろう」

「ありがとうございました」

「久し振りにいい汗が掻けた。さすが岩倉道場だ。良い弟子が育っておるな」

「畏《おそ》れ入ります」

源太夫は低頭した。幸司もまた佐一郎に負けぬ汗を掻いていたが、一亀はそれほどでもなかったのである。つまり、まるで性向の異なる若手に対し、相手なりに対処したということだろう。

控室に入って着替えると、一亀は道場にもどった。

「いかく世話になり、楽しませてもろうた。西の丸は型通りで詰まらぬ、と言ったのはただのつぶやきなので忘れてくれ。岩倉道場は活気があって楽しい。たまに寄せてもらうかもしれんが、よいかな」

西の丸とは上級藩士のために設けられた道場で、西の丸に近いのでそれが通称となっている。

「御家老さまでしたら大歓迎でございます。毎日でもお越しくだされ」

「木鶏《もっけい》は世辞《せじ》を言わぬゆえ、うれしく思うぞ。頻繁《ひんぱん》に顔を出すが後悔するな、と言いたきところなれど、そうもいくまい」

「次席の御家老さまにおいでいただけるということは、取りも直さず政務に支《し》障《しょう》がないということです。われらも安心できますので、ぜひ、そう願いたいものです」

「まるで商人であるな。初対面の日が懐かしいぞ、木鶏」

「はあ？」

「間抜けた面《つら》をするな。わしがなんと美しい鶏だと言うたとき、どう答えたか覚えておるか」

言われてみると、御蔵番の組屋敷に一亀がやって来たことがあったが、十七、八年もまえのことになる。

「岩倉源太夫はこう言った」と、一亀は間を置いた。「わしがなんと美しい鶏だと言うたに対し、たったひと言、軍鶏。わしが鶏と軍鶏の区別が付かぬほど無知であったとしても、軍鶏、のひと言はなかろう」

弟子たちがどッと笑った。

「強い軍鶏は美しく、美しい軍鶏は強い」と源太夫が言ったとき、一亀が一羽の軍鶏を示して、「その軍鶏は強かろう」と訊いた。一亀には初めて見る軍鶏は、どれも美麗《びれい》に見えたようだ。それに対して源太夫が「未《いま》だ木鶏たり得ず」と答えたため、のちに源太夫の渾名《あだな》が木鶏となったのである。

「あのころが懐かしいですな。無口でも、なんの問題もありませんでしたから。ところが黙っておっては、道場のあるじは務まりませぬ」

「言ってわかればよいが、ほとんどは言ってもわからぬ、と言いたいのであろう」

「とんでもないことです。それは師匠が未熟だからこそと、経験を積むにつれてわかってまいりました」

「言葉は微妙であるな。すべてが剣の勝負のように勝ち負けだけで決着すれば、いかに気楽なことか。おっと、無駄口を叩きすぎた。ひと言多いために信用をなくしてしまうのが、多くの者が感じながら口にせぬ次席家老の欠点よ」

「お戯《たわむ》れを」

「戯言《ざれごと》が世の中を廻《まわ》しておる。ははは、ここだけの内緒話だぞ」

「それにしましてはお声がおおきいようで」

「ゆえに底意のない人物と、良いほうに誤解されるのだ」

「人徳にございましょう」

「木鶏は次第に、哉也《かなや》に似てきおったな」

弟子たちには訳がわからなかっただろう。哉也は中老芦原讃岐《あしはらさぬき》の俳号である。

「母屋《おもや》で茶を一服なさいませんか、求繫《ぐけい》さま」

求繫は一亀の俳号で、国家老一派を油断させるため、「園瀬の里の愚兄賢弟《ぐけいけんてい》と噂《うわさ》されておるが、その前者が拙者《せつしや》でござる」などと笑わせたことがあった。俳号は愚兄に因《ちな》んだものだと思われた。

「それとも、この程度の稽古では、口は渇《かわ》きませせぬか」

「その皮肉はまさに哉也だ。政務多忙ゆえすぐもどらねばならぬのでな、改めて語りあおう。稽古の邪魔をしたな」

弟子たちに声を掛けると、一亀はさっと引《ひ》き揚《あ》げた。

二

次席家老の九頭目一亀に呼ばれた源太夫が、西横丁《にしよこちょう》の「花《はな》かげ」に出向くと、中老の芦原讃岐とすでに飲み始めていた。改めてとのことであったが、呼び出されたのはその日の夕刻である。

二人はともに俳諧《はいかい》の「九日会」同人というだけでなく、なぜか気があうようで、一亀と飲む席にはかならずといっていいほど讃岐の顔があった。場持ちが得意でない源太夫には、藩校で机を並べた仲である、日向《ひゅうが》道場の相弟子がいるだけで気が楽なのである。

「昼間は都合も訊《き》かずに邪魔をして、ひどく迷惑を掛けたな」

「いえ、弟子どもがとても喜びまして。それに御家老の腕の確かさに、だれもが驚愕《きょうがく》いたしておりました」

「御家老はよしてくれ、酒が不味《まず》くなるではないか」と、一亀は言った。「われら三名だけのおりには、木鶏、哉也、求繫でゆくと申したであろう」

「すると求繋さまは」と、讃岐が一亀に訊いた。「道場荒らしを掛けられたのですか、それもあの軍鶏道場に。なんとまあ大胆不敵な」

「おうよ。生きのいい若いのと、汗を流したくなってな」

「生きのいいのがおりましたか」

「瞬時にであるが、これぞというのが二人、目に飛びこんできた。念のためしばらく見ておったが、目を引くのはその二人だけであったな。あとはどれも雑魚《ざこ》に見えたわ。おっと、道場のあるじをまえにして言うことではなかったな」

「して、その二名とは」

「一人は木鶏の倅で幸司、以前会ったことがあるので名を存じておった」

「もう一名は」

「岩倉佐一郎と名乗った」

「それ以外はすべて雑魚でしたか。血は争えぬものですな」

「まず佐一郎と、続いて幸司と竹刀をあわせた」

「いかがでした」

「わしは一つのことをひたすら考えておったのだが、謎《なぞ》が深まるばかりでな」

一亀は問いに答えなかったが、讃岐は自然に会話を繋《つな》げた。

「佐一郎どのと幸司どの、二人に関する謎でございますね」

「幸司が木鶏の倅であることは、さきほど言ったように知っておった。岩倉佐一郎の名に意外な思いがしたのだが、木鶏が長男の倅だと申したのだ」

「それだけでは、わかりにくうございましょう」と、源太夫は正直に言った。

「ただ、多くの弟子のいるあの場で、事情を説明してさしあげることもならず」

「十七の齢《とし》に園瀬入りしたわしには、事情がまるでわからなんだのだ」

一亀は十二代園瀬藩主九頭目斉雅《なりまさ》の、側室満《まん》の方《かた》の子として園瀬に生まれた。いわゆる御国御前《おくにごぜん》の子だが、長子なので将来藩主となるため六歳で江戸藩邸中屋敷に入った。ところが正室濃《のう》の方《かた》に、二歳ちがいの男児が出生していたので、斉雅は頭を悩ませることになったのである。

二人の息子をよくよく見極めた斉雅は苦悩の末、正室の子を藩主とし、のちに一亀となる側室の子を補佐役にすることに決めた。一亀は一族の家老九頭目伊豆《いず》に婿《むこ》入りし、一人娘美砂《みさ》を妻とすることになった。そのため十七歳で、父斉雅に従って園瀬入りをしたのである。

その年、源太夫は三十六歳であったが、五年前に妻のともよを亡くしていた。十七歳で江戸から園瀬に婿入りした一亀に、園瀬の下級藩士の事情などわかる訳がない。

「木鶏の言葉から勘案して、おそらくまちがいないであろうとの結論に達したのだが、というか、そうでなければどうにも辻褄《つじつま》があわんのだ」

「辻褄があいましてございますか。それとも強引にあわせてしまわれましたか」

讃岐がそう言ったが、普段言葉の駆け引きをやっている者は、微妙な言い回しをするものだと源太夫は感心した。

だが一亀は讃岐には答えず、源太夫に訊いたのである。

「幸司はたしか十四であったはずだが、佐一郎は何歳に相《あい》なった」

「十七歳でございますが」

しばしの間を置いて、一亀は弾《はじ》けるように笑った。

「こいつは愉快だ」

「さぞや愉快でしょうな、その笑われ方からしますと」

讃岐の相鎚《あいづち》の間合いは絶妙である。

「痛快きわまりない」

「愉快より一段上ですね、痛快となりますれば」

「爽快《そうかい》と言い換えたほうがよいかもしれん」

讃岐は事情をわかっていて、遣《や》り取《と》りを楽しんでいるとしか源太夫には思えない。

「爽快となれば、謎が解決したゆえと考えてよろしいのでしょうな。その鍵となったのが佐一郎どのの十七歳」

「さすが哉也と褒《ほ》めたいところだが、ここまでくれば猫の仔《こ》にもわかることだ」

「哉也は猫の仔と同等でございますか」

「厭《いや》な顔をするでない。褒めたのだからな」

「屋敷にもどりましたら、本日、御家老さまよりお褒めの言葉をいただいたと、忘れずに日録に記しておきましょう」

ここで日録が出るかと、讃岐の会話の楽しみ方の一部が、源太夫には垣間見《かいまみ》えたような気がした。

「佐一郎は長男の倅だと木鶏は申した」

「さようで」

「となれば佐一郎は木鶏と先妻の息子の子で、幸司は後添《のちぞ》いの子となる」

「おっしゃるとおりで」

「そのため、とんでもないことが出来《しゅったい》した」

「とんでもない、と申されますと」

「逆転が、それも大逆転が生じたのだ。乾坤《けんこん》が一転したのだ」

「天地がひっくり返ったとなりますと、いささか大袈裟《おおげさ》という気もしますが」

讃岐はそう言って源太夫を見たが、ここまでくると噴き出すのを我慢するのが苦痛であった。

「佐一郎は先妻との息子に生まれた子ゆえ木鶏にとっては孫、幸司は後妻とのあいだに生まれた子。となると佐一郎は幸司にとって甥《おい》となる」

「当然そうなりますね」

讃岐はわかっていて、最後まで惚《とぼ》けとおす気のようだ。

「まだ気付かぬか。佐一郎が幸司にとって甥ということは、佐一郎にとって幸司は叔父《おじ》なのだ」

「あ、あ、あッー」

讃岐は素っ頓狂《すっとんきょう》な声を出した。

「十四歳の幸司どのが、十七歳の佐一郎どのの叔父になりますね。年下の叔父は聞いたことがありませぬ」

「逆転だ。それも天地開闢《かいびゃく》以来、類を見ない大逆転ではないか」

「これは驚きました。それにしても求繫さまは、よくお気付きになられましたね」

讃岐はたいしたものだと、源太夫は舌を巻くしかなかった。とっくにわかっておりながら、一亀に初めて教えられたことにして、驚いてみせたのである。源太夫にはとてもできぬ芸当であった。

感心しきったという顔で讃岐は続けた。

「すると求繫さまは、佐一郎どの、そして幸司どのと竹刀を交えながら、ひたすらそのことを考えておられましたので」

「ということになるな」

「ということは、二名とは無心の境地で戦えた、ということになるのでしょうか」

「ということになる」

よく似た言い廻しの連続で、妙な遣り取りになったので、三人は思わず顔を見あわせて苦笑した。

これまでもそうであったが、家老や中老と呼ばれるいわゆる老職との会食では、余程《よほど》の緊急時でなければ直《ただ》ちに本題に入ることはなかった。ほとんど無駄口に近い雑談から始まり、ころを見て、極めて自然に話題を移行させるのである。

「二人のちがい、差異には」

哉也、つまり讃岐に問われ、一亀はちらりと源太夫を見た。

「と言われて、子と孫のことだ。その大本《おおもと》である木鶏をまえにして、軽々《けいけい》に言えることではなかろう」

そろそろ本題に入らなければと思ったので、源太夫は率直《そっちょく》に問い掛けた。

「そうしますと、求繫さまはどちらを選ばれましたのでしょう」

「どういうことであるかな」

そう言った一亀の顔に笑みが浮かんでいた。

「最初に、生きのいい若いのと汗を流したくなったと仰《おお》せでしたが、求繫さまが汗を流したいということだけでは、なかったのではありますまいか」

「なぜにそう思う」

「道場にお見えになり、しばらくは稽古に励む弟子たちをご覧でした。それから汗を流そうと思うと仰せになり、何人かに相手をしてもらいたいと、順を踏まれております。だれにいたしますかとお聞きしましたところ、すぐに二人の名を挙げられました。ですが先ほどのお話では、瞬時に決まったとのことでしたので、なんらかの事情があってお見えになったのだと。そして要件を満たす者を探しておられたゆえ、直ちに決められたのではないだろうかと愚考《ぐこう》いたしましたが。それに汗を流すだけの相手でしたら、ほかにも何人もおりました」

「そこまで読まれておっては、正直に話すしかないな。幸司に白羽《しらは》の矢《や》を立てたのだが」

「力量は佐一郎が上と見ておりますが」

「上であるが、道場の板の上でものを言うのは腕だけではない。それ以上に重要なのが心構えだが、佐一郎にはそれがわかっておらぬ」

「だから、故意に隙《すき》を見せられましたので」

「道場主としては当然わかったであろうな」

「あるいは隙を見せたのを誘いと見て、警戒したと考えられぬことも」

「ないな」

「三度でしたからね」

「三度隙を見せたのに、一度も乗らなんだのは若さがない、老成しておるからだろう。あるいは衝《つ》ける隙とわかっておりながら、二人の立場を考えて遠慮したのであれば、なおさらふさわしくない。その点、幸司はいわゆる世俗《せぞく》の知恵にまみれておらぬ」

「それだけ若い、いえ、幼いということでもありますが」

「十代の若造が幼くなく、若くなくてどうする。ともかく道場の板の上で意味を持つのはおのが腕だけだということが、幸司には明確にわかっておるようだ。遠慮せぬところが清々《すがすが》しい。わずかな隙を見せたら、たちまち籠手を取られてしもうたからな」

その場にいなかった讃岐は、心得たもので聞き役に徹していた。首を傾《かし》げたり相鎚代わりにうなずいたりと、言葉は発しないものの会話に加わっていると感じさせるのである。

「佐一郎は老成しておりますか」

一亀の考えが摑《つか》み切《き》れぬ源太夫は、それとなく問うてみた。

「岩倉の家は御蔵番であったな。なるほど、そのちがいということか」

なぜ一亀が納得したのか、源太夫にはわかりかねた。

「どういうことでしょう」

「御蔵番の息子と道場主の息子のちがい、ということであろう。幸司は剣術のことのみを考えればよいので、それだけ自由に伸び伸び育っておるということだ」

「ゆえに選ばれたといたしますと」

「鶴松《つるまつ》の剣友、剣の友、いや心の友、真《まこと》の友が必要だと思うてな」

一亀が二十三歳、美砂が二十歳で儲《もう》けたのが鶴松である。たしか幸司とおなじ十四歳のはずだ。

「鶴松さまのお相手でございますか。剣のことでしたら、それこそ求繫さまが、教えられますのが」

「剣術のことならある程度は教えられるが、近ごろは思うように暇《ひま》が作れぬ。それよりも若き日には、同年輩の友がなくてはならぬからな」

「鶴松さまには、剣でも学問でも早くからご学友が」

しばらく黙っていた讃岐が控え目に口を出したが、図《はか》らずも源太夫の気持を代弁してくれたのである。だが一亀は首を横に振った。

「それがどいつもこいつも父親とおなじ腰巾着《こしぎんちゃく》で、話にならんのだ。鶴松やわしの顔色を窺《うかが》いながら、すべてに遠慮しておる。そういう取り巻きの中で育てば、釣りあいの取れぬ歪《いびつ》な人間になってしまうのは、火を見るよりも明らかだ。いくらでも打ちこめるのに、遠慮して見逃すのだからな。木鶏の孫を悪く言いたくはないが、つまり佐一郎とおなじだ。隙があれば逃さず打ちこみ、まちがったことに対してはちゃんと指摘できる真の友がいなくては、人を、世の中を勘ちがいしたままで育ってしまう」

「大役《たいやく》でございますね」

「それが務まる若者を、やっとのことで見つけ出したのだ」

それが幸司だと言っているのだが、すでに腰巾着となった取り巻きの中に、入って行かねばならないのである。

「剣だけでございましょうか」

「それがよかろうな。幸司には藩校もあろうし、岩倉道場での鍛錬や指導もあろうから、五日に一度、午前のみを考えておるのだが。まずそれで始めてもらいたい。状況に応じて三日に一度、あるいは七日、十日に一度となるかもしれんが」

「目処《めど》ということにしていただいて、なるべくご期待に副《そ》えるようにいたします」

「本来なら鶴松を通わすべきだが、幸司には屋敷の道場まで出向いてもらいたいのだ」

「承知いたしました」

岩倉道場は藩主家の考えもあって、藩士およびその子弟を教導するために建てられたものだ。そのため束脩《そくしゅう》と月謝は不要だが、教えてもらう以上はと納める者もけっこういた。また二十四節気のうち、重要とされる立春、立夏、立秋、立冬の四立《しりゅう》に、謝礼として届ける家もあった。

もっともそれは中級の者で、下級の者にその余裕はないが、学ぶ気さえあれば月謝なしで通えるのである。そのため大谷内蔵助《おおたにくらのすけ》と原満津四郎《はらまつしろう》の道場は、弟子が去ったため維持できなくて潰《つぶ》れてしまった。

中級と下級の藩士は岩倉道場に通うが、上級の者は西の丸に近い道場に通う。弓場と馬場が併設されているが、馬に乗れるのは、また鎗持ちを供にできるのは上級でもかぎられた家だけだ。次席家老の息子が、中、下級藩士の通う岩倉道場へ出向く訳にはいかないのである。

九頭目一亀のような老職となると、屋敷内に道場や馬場、弓場をかまえている。一亀は源太夫に相談を持ち掛けたが、相手が家老であれば実際は命令とおなじであった。

「実はな、鶴松とその取り巻きのひねくれた根性を、叩き直してもらいたいと思うておるのだ。なに、案ずるではない。口先ばかりの連中は、真に強い者には逆らうことができぬからな。ゆえに最初に遠慮なく打擲《ちょうちゃく》してもらいたい。有無《うむ》を言わせず、というやつだ。文句があるなら剣で来い、くらいに嚙《か》ませてよい」

「その分、陰日向《かげひなた》なく毅然《きぜん》としておらねばなりませんな」

「それができると思うたからこそ、幸司に白羽の矢を立てたのだ」

相当に厳しい要求だが、その期待に応《こた》えることができれば、幸司は人としておおきく成長できるはずであった。大局《たいきょく》を見ながら、腹違いである弟の藩主を補佐してきた一亀が、それだけの評価をしてくれたのである。父親として背後で確実に支えねばならない。

その役を成就《じょうじゅ》することで幸司は、岩倉道場を引き継げる、いや自分を超えた道場主となれるはずだ。

「藩は今、過渡期《かとき》に差し掛かっておる。そのためにしなければならぬことは、あまりにも多い。先の長崎遊学はその先鞭《せんべん》を付けたことになる」

話が飛んだので、源太夫だけでなく讃岐も思わずというふうに一亀を見た。

「まず藩費による四人の遊学を決めたが、その顔触れを見てどう思うた」

源太夫と讃岐は顔を見あわせた。

選ばれたのは次の四名である。

上沢優之介《かみざわゆうのすけ》は十八歳。父は医師の上沢順庵《じゅんあん》で、長崎では西洋医学を学ぶことになる。

細田平助《ほそだへいすけ》も十八歳。父は蔵奉行配下の検見役《けみ》に仕える小検見。父子ともに管絃《かんげん》に関心が強く、笛を吹き、琵琶《びわ》を弾《だん》じるとのこと。

角山佐武朗《かどやまさぶろう》、十七歳。父は藩の軍学と砲術の師範角山厳聴《げんそう》で、西洋兵学と砲術を学ぶことになる。

岩倉龍彦《たつひこ》は最年少の十六歳。父は道場主の岩倉源太夫。

なお、細田平助と岩倉龍彦は法制、文化、芸能、機械工学などの優れた技術を、幅広く学ぶことになっている。

年齢は選ばれた当時の昨年のものなので、各自それぞれ一歳を加えていた。

「藩の発展は、新しい能才の任用にあると御前はお考えだ。要するに実力主義だな。だがそれに徹すると、いわゆる旧家からの反発がおおきい」

その辺を睨《にら》んで長崎遊学の人選はされた、と一亀は言った。

格からは軍学と砲術の師範は中老格なので、それを父に持つ角山佐武朗が最上位になる。それに次《つ》ぐのが藩医の息子上沢優之介だ。一方、細田平助と岩倉龍彦は低い身分ながら、能力が認められて選ばれている。

「水は淀《よど》むと濁《にご》るからな。身分に関係なく能力のある者を採用することで、下級藩士にも希望を抱かせる。それによって才能を眠らせている旧家の連中を刺激し、本来有しておる能力を存分に発揮させたいということだ」

それが御前、九頭目隆頼《たかより》の真意だと言ったが、補佐役である一亀の考えでもあるということだ。

長崎遊学の効果はおおきく、藩校「千秋館」の雰囲気が一変したとのことである。努力して能力を認められれば、機会が与えられることが明確になったからだ。

「幸司には、道場の板の間ではだれもが対等であることと、常に全力をあげねばならぬ相手に対して礼を失するということを、鶴松と取り巻きの連中の頭と体に叩きこんでもらいたいのだ」

求繋こと次席家老の九頭目一亀が、「花かげ」に源太夫を招いたのはそのためであった。双方が一番いい方法を考え、あらためて打ちあわせるということで、酒宴《しゅえん》に移ったのである。

「龍彦の長崎遊学に続き、幸司が御家老のご子息の剣のお相手に選ばれたとなると、なにかと勘繰《かんぐ》る連中もおろうと思われる」

三

源太夫が「花かげ」から帰宅したのは、五ツ半（九時）をすぎたころであった。

花《はな》は床《とこ》に就《つ》いていたが、みつと幸司はまだ起きていた。「花かげ」からの帰途《きと》、九頭目一亀の話を受けはしたものの、なにかと問題もあるのできっちり話しておかねばならないと、源太夫は心を決めていた。

茶を飲みながらみつと幸司に、次席家老が道場に現れた事情と、決定したことを打ち明けた。

続いて、当然起きるであろう事柄について話し始めると、さっそくみつが首を傾げたのである。

「ですが、幸司の場合も龍彦のときもそうですけれど、ともに御家老さまからお話があったのではありませぬか」

武家社会の俗《ぞく》っぽさを知らないみつが、疑問に思うのは当然かもしれなかった。

「だが、ほかの者はそんなことは知りもしない。ゆえにだれもが羨《うらや》む幸運が、岩倉家に立て続けに舞いこんだのは奇妙だ。偶然でそのようになるとは考えられぬ。そう言えば御中老の芦原讃岐さまとは、岩倉は昵懇《じっこん》の間柄だという。その辺りから根廻しして、巧妙に御家老に持ち掛けたのだろう。下衆《げす》の勘繰りでしかないが、そのように妬《ねた》む者がおるので鬱陶《うっとう》しい」

「そのことは、心に留《とど》めておくようにいたします」

幸司がそう言ったが、思ったより冷静なので源太夫はいくらか安心した。道場主の息子としてほかの弟子たちに接しているので、露骨ではないとしても、そのような気配は肌で感じることがあるのだろう。いや十代の半《なか》ばであれば、師匠源太夫のいないところでは、けっこう辛辣《しんらつ》な言い方をする兄弟子もいるのかもしれなかった。

「幸司にとっては非常に名誉なことである。誇りにこそすれ、後ろめたく思うことは露《つゆ》ほどもない。ただ自慢するなど以《もっ》ての外《ほか》だし、ましてや弁解と取られるような話し方をするのは論外だ。問われれば事実を簡潔に述べ、胸を張って毅然と

「挑発《ちょうはつ》めいたことを言われても、無視するようにします」

「そうだな。ただ露骨すぎる無視は反発を買うこともあるゆえ、聞き流す程度にしておいたほうがいいだろう」

「その辺りは兄弟子たちを見ていて、いくらかはわかるようになりました」

幸司は幸司なりに人を見、かれなりに考えているらしい。

そう言えば幸司が、兄弟子にこのようなことを言われたとか、嫌がらせを受けたとか訴えたことは一度もなかった。また弟子にもいろいろいるが、だれかを非難するとか批判したことも、源太夫の記憶にはない。

うっかり自分が訴えたことで源太夫が弟子に注意すれば、告げ口したと取られるにちがいない。となると相手は手を変えて、陰湿《いんしつ》な意地悪を仕掛けるだろう。兄弟子や相弟子を見ていて、敏感《びんかん》にその辺りを感じたのかもしれなかった。

幸司に関しては、過剰な心配は不要なのかもしれないという気もした。

「鶴松さまには何人かのご学友がおいでだが、その連中もいっしょに教える、いや、お相手をすることになる。重職の倅どもだから、小生意気なのが多いだろうが」

「そのように、決め付けるべきではないと思いますが、父上」

「一本取られましたね、おまえさま」

　息子が思ったよりしっかりしているとわかったからだろう、みつがどことなくうれしそうな言い方をした。

「立て続けに二本取られた心地《ここち》がする。まさか、これほど近くに強敵がおるとは思いもせなんだ」

　みつが相手ということもあって、源太夫もつい軽口を叩いた。

「わたしは剣のお相手だけとのことですので、であればなんとかできると思います。学問となるとお手上げですが」

　親よりも息子のほうが遥かに冷静なようだ。源太夫は口調を改めた。

「それから御家老から特に言われたのだが、こと剣に関しては、容赦《ようしゃ》することはないと念を押された」

「どういうことなのでしょう」

　幸司以上にみつが強い興味を示した。

「佐一郎と幸司の、双方と竹刀をあわせながら、御家老がなぜおまえを選ばれたかわかるか」

「わたしが、鶴松さまとおなじ十四歳だからだと思います」

「それもあろうが、佐一郎は御家老の見せた隙が誘いとわからずに遠慮した。打ちこめたはずなのに、相手が重職ゆえ配慮したのだ。だが、おまえはかまわず打ちこんだ。それで決まったと考えていいだろう」

「佐一郎どのはなぜ御家老に遠慮するのかと、ふしぎに思ったのですが」

「御家老も腕は佐一郎が上だとおわかりだ。ところが戦いでありながら相手を慮《おもんぱか》った佐一郎を捨て、無心に打ちこんだおまえを選ばれた」

その言葉は、幸司の理解を超えたものであったかもしれない。少し考えてから慎重に言った。

「心の持ちようということでしょうか」

源太夫はうなずき、そして言った。

「道場ではだれもがおなじ立場であることと、常に全力で戦わねば相手に対して無礼になることを、骨《ほね》の髄《ずい》に叩きこんでもらいたいと御家老に言われておる」

「鶴松さまのご学友は、主に学問でのご学友で、戯れに剣もなさるということでしょうか」

「戯れにはよかったが、文武両道においてということであろうな。御家老はこのように申された。鶴松とその取り巻きのひねくれた根性を、叩き直してもらいたいと思うておる、とな」

「わかりました」

「といって、幸司。無茶をしてはなりませぬよ」

自信たっぷりな幸司に、却《かえ》ってみつは心配になったようだ。

「ご安心あれ、母上。おない年ですから、やり方はわかります。ところで父上、いつから出向けばよろしいのですか」

「ああ、それについて話しあわねばと思ったのだが、幸司はいつからなら大丈夫なのだ」

「千秋館で学ぶ日はむりですが、明日からでも」

「では、そういうことで相手方と調整するとしよう。御家老が道場に見えて、おまえや佐一郎と竹刀を交えた噂はたちまち拡《ひろ》がろうが、鶴松さまのお相手をすることになったとは、まだだれも知らん。知ればそれについて訊く者もいるだろうから、鶴松さまとおない年だからではないでしょうか、くらいにしておくか。わたしにもよくわからないのですよ、とでも惚けておけばよかろう」

「心得ております。では、わたしはこれで。父上、母上、お休みなさい」

「ああ、お休み」

うしろ姿を見送ったみつが、ややあって、ぽつりと言った。

「ここしばらくで、急に大人になったような気がいたします」

「それが若さというものだ」

「と申されますと」

「若い者は緩《ゆる》い坂道を一歩一歩着実に上るように、あるいは石段を一段ずつ踏んでゆくように成長するのではない。おなじ所をぐるぐると廻り続けたり、横道に逸《そ》れたり、場合によっては後もどりすることもある。そして、ある日、それまでより二段も三段も高い所にいるのがわかって、驚かされるものだ」

「そのようにして、いつか親を超えていくものなのですね」

二人とも思いに沈んだのか、会話はそこで終わった。だが心は満たされていた。息子の成長をたしかなものとして、感じることができたからである。

顔を洗って口を漱《すす》いだ幸司が母屋の裏に出ると、塀《へい》に差し掛けになった鶏小屋で亀吉《かめきち》が軍鶏に餌《えさ》を与えていた。早くも母屋の屋根や庭木には、こぼれ餌をねらう雀《すずめ》たちが群を成《な》して啼《な》き交《か》わしている。

「おはよう、亀吉」

「おはようございます」

柴折戸《しおりど》を押して広庭に出ると、道場横の井戸で釣瓶《つるべ》の軋《きし》む音がした。あるいはと思ったが、やはり戸崎伸吉であった。相手も同時に気付いたようだ。

「おはようございます、幸司さん」

「おはよう、伸吉。ここに住みながら、先を越されるとはみっともないな」

「わたしは新入りですから、一番乗りだけはだれにも譲《ゆず》りたくないと思っているのです」

「それにしたって、いつもより早いのではないのか」

「幸司さんが寝坊されたのだと思いますよ」

言いながら汲《く》みあげた水を小盥《こだらい》に注ぐと、綱を滑らせて釣瓶を井戸に落とした。伸吉が小盥を二口《にこう》用意していたので、それぞれを水で満たすと、二人は道場に運んだ。

雑巾《ぞうきん》を濯《すす》ぎ、よく絞って板の上に置く。前屈《まえかが》みになって両手で押さえ、尻をあげて足で床を蹴り、競うように床を拭くのである。ひと往復ごとに雑巾を濯いで絞り、それを繰り返すのであった。

幸司が尻を高くあげたのに、横でおなじ動作をしているはずの仲吉の姿がない。

振り向くと、仲吉は雑巾を手に突っ立っていた。

「技を磨くまえに心を磨け、心を磨くまえに床を磨け、だろう。一番乗りを自慢したって、怠《なま》けていてはなんにもならんぞ」

「幸司さんが先に、御家老さまの籠手を取ったそうですね」

仲吉は目を輝かせている。それが訊きたくて、いつもより早く来たのだとわかった。

前日、仲吉が藩校に向かったあとで、九頭目一亀の主従が道場に来た。そして佐一郎と幸司が、御家老の稽古相手に指名されたのである。

午前中で「千秋館」での勉強《まなび》を終えて組屋敷に帰った仲吉は、昼飯を喰って道場にもどり、だれかに教えられたのだろう。

源太夫が指導するのは朝だけで、午後は軍鶏の鶏合わせ（闘鶏）や若鶏の味見（稽古試合）を見てすごすことが多い。だが道場は日没まで開けてあるので、熱心な藩士とか、仕事の都合で朝は出られなかった連中が汗を流していた。仲吉は毎日のように、午後も黙々と励んでいる。

午後になって道場にもどった伸吉は、朝におこなわれた一亀と佐一郎、そして幸司の勝負形式の稽古のさまを、だれかに聞かされたはずだ。伸吉の性格からして悔しがるのはわかっているので、話すほうはたっぷりと語って聞かせたにちがいない。

微に入り細を穿《うが》って、これでもかというくらい大袈裟に、である。御家老と竹刀をまじえることがいかに光栄なことで、弟子たちがどれほど羨んだかを交えながら、だ。その場に居合わせなかった伸吉の不運を、気の毒がる振りをしながら、羨ませようと煽《あお》ったにちがいないのである。

「それにしても幸司さんは凄《すご》いですね。佐一郎さまは手も足も出なかったというのに、鋭く籠手を決めたのでしょう」

「そういうことじゃないかと思ったが、やはりからかわれたようだな。いかにも伸吉らしいが、ま、むりもないか」

「えッ、どういうことですか」

「だれに教えられたかしらないが、そやつは伸吉を口惜しがらせようと思ったにちがいない」

「でも、一人じゃないですよ。何人もに言われたんですから」

「一人でも何人でもおなじだ。寄ってたかってからかわれたんだよ。伸吉がその場にいなかったからな」

「ですけど、まるで目のまえに見てるようでしたもの」

「剣術の技はかぎられていて、要はその組みあわせ方で、いかに効果をあげられるかどうかということだ。敵の意表を衝いたり、裏を掻いたり、相手が自分より劣《おと》るとみれば強引に押し切りもする。毎日のように竹刀を振り廻し、他人《ひと》の試合や稽古を見ているのだ。その場にいなかった伸吉を口惜しがらせることぐらい、だれにだってできるだろう」

どうやら伸吉は混乱してしまったようだ。

一亀が佐一郎や幸司と手合わせするのを実際に見た連中に、事細かく教えられたのである。ところが目撃した者ではなく、手合わせした本人に、相弟子にからかわれたのだ、それも伸吉を口惜しがらせたいために、と言われたのだからむりもないだろう。

だからといって簡単に認める訳にいかないし、認めたくもないので、懸命《けんめい》に反論しようと思ったにちがいない。

「だって投避《とうひ》稽古で、わたしの投げるのをまるで避《よ》けられず、投げても十個のうち一つも当てられないやつまでが、事細かに話したんですからね」

幸司がニヤリと笑うと、仲吉は思わず上体を反《そ》らせた。

「仲吉は冷静沈着《ちんちゃく》だと思っていたが、やつらのねらいどおり、すっかり自分を見失っていたようだな」

「なぜですか。なぜそんなひどいことが言えるのですか」

珍しく気を昂《たかぶ》らせている。

「だって考えてみろよ。投避稽古で仲吉に手も足も出ないやつなんだろ。ということはなにも見えていないから、仲吉の動きの先が読めないということだ。そんなやつに御家老の動きがちゃんと見えたと思うかい。見えちゃいないということだ。自分の頭の中で思ったことを、まるで見たかのように喋《しゃべ》ったということだろう」

言い負かされたと認めたくないからだろう、仲吉は口惜しそうに口を噤《つぐ》んでしまった。その場にいなかった者の悲哀《ひあい》を、噛みしめているのかもしれない。

そのときあわただしい足音がして、三人ほどが道場に駆けこんで来た。朝の拭き掃除をすることになっている、年少組の弟子たちであった。弁解するように口々に言う。

「一番乗りだと思ったのにな」「やっぱり幸司さんと伸吉さんか」「井戸端に盥が見えないから、先を越されたとは思ったけど」

幸司がすっくと立ちあがると、年少組の遅刻組は思わず身を退《ひ》いた。なにしろ幸司は十四歳と最年長で、体格も群を抜いているからだ。

幸司は笑顔になり、できるかぎりおだやかな声で言った。

「みんなおはよう」

「おはようございます」

戸惑いながらも声をそろえて言った。

「朝早くからごくろう。ではいつものように、往復の競争をやるとしよう。雑巾を濯いで絞って床板に着く。よいな、おなじところを往復するのだぞ。そうすればきれいに拭き浄められる。それじゃ位置に着いて、おれが声を掛けたら、一斉《いっせい》に始めようではないか」

伸吉はとてもかなわないや、とでも言いたげに肩をすくめて見せた。

一時的には凌《しの》げたが、とてもこのままではすまないだろうな、と幸司は思ったのである。

四

朝の四ツ（十時）に鶴松の学友たちが九頭目一亀の屋敷に集まると知って、みつは随分《ずいぶん》のんびりしているなと思った。しかし初日でもあるので、四半刻は早く着くように余裕を見ておいた。稽古着や防具をまとめ竹刀を通して担《かつ》いだ幸司を、五ツ半（九時）に送り出したのである。

ところが終わると言っていた九ツ（正午）を半刻（約一時間）すぎても、幸司はもどらなかった。初めてなのでお茶でも出されたのかもしれないと、幸司の箱膳を用意して、自分たち夫婦と花の三人で食事を終えた。

遅くとも八ツ（二時）にはもどるだろうと思っていたが、八ツ半（三時）になってても帰らなかった。さすがに気になったが、亀吉を問いあわせに行かせるのも気が引けた。

みつは久し振りに鶏合わせでも見せてもらいましょうかと、花とともに母屋と道場のあいだの広庭に出た。いつもはドキドキしながら見てしまう鶏合わせだが、とてもではないが楽しむことなどできはしない。

さらに四半刻ほどがすぎて、いくらなんでもと思ったとき、足元に蹲《うずくま》っていた武蔵《むさし》が不意に立ちあがった。立ちあがると同時に尻尾《しっぽ》をピンと立て、門に向かって駆け出した。明るい茶色をしたこの犬は四肢《しし》の先が白いので、まるで白足袋《しろたび》を穿《は》いたように見える。

そちらに目を向けると武蔵にまとわり付かれながら、防具を担いだ幸司が門から入って来たところであった。

「遅くなりました。食事を出され、ご学友たちがお帰りのあとで鶴松さまと話していましたので」と言って、幸司は風呂敷《ふろしき》包みを差し出した。「皆さまによろしくと、美砂さまからのいただき物です」

美砂さまと言えば、次席家老九頭目一亀の奥方である。

源太夫は床几から立って母屋に向かった。弟子の何人かがいたし、軍鶏仲間が鶏合わせの見物に来ていたので、そこで喋ることはできないからだ。

亀吉はすぐさま鶏合わせの終了に取り掛かった。土俵で闘う軍鶏のあいだに、広い板を差し入れて二羽を分ける。敵手《あいて》を見失った軍鶏は、両手で翼を押さえるように抱え持つと抵抗しない。

亀吉は慣れた手付きで、それぞれを唐丸籠に移した。

後片付けを亀吉に任せ、家族は濠《ほり》に近い柴折戸から母屋に移った。沓脱石《くつぬぎいし》から表座敷にあがる。

「お茶を淹《い》れますから、それまで話は待ってなさい」

自分を抜きにして始めないようにと幸司に釘《くぎ》を刺《さ》すと、みつは風呂敷包みを抱えてお勝手に消えた。花が手伝いのためにすぐに後を追ったのは、美砂からの土産《みやげ》が気になったからだろう。

「鶴松さまの」

幸司が言い掛けると、源太夫が手を挙げて制した。

「どうせわずかなあいだだ。待ってやれ」

幸司は苦笑した。稽古に関係ない話をと思ったのだが、なにを話しても家老屋敷に出向いたことに関わるからだ。

ピーヒョロロと啼いたのは鳶《とび》だろう。大地が温められると、山肌に沿って気流が上昇し、鳶はそれに乗って滑翔《かっしょう》する。

家老屋敷の背後は城山で、鳶はその上空に浮いているのだろう。鳶の啼き声は篠笛《しのぶえ》のように甲高《かんだか》く、風の具合ではかなり離れていても聞くことができた。

あとは道場で竹刀を打ちあう音と、荷車を牽《ひ》いて濠の向こうの道を行く牛の間延びした声がするだけで、のどかなものである。

「お待たせしました」

みつが湯呑茶碗《ゆのみぢゃわん》を、花が切った羊羹《ようかん》を載せた皿を、それぞれ盆で運んで来た。

「奥方さまからのお土産、さっそくいただくことにしましょう」

それぞれが羊羹を楊枝《ようじ》で切って口に運び、茶を含んだ。

一段落したころであった。

「さて」

幸司が口を開くなり、透《す》かさず源太夫が言った。

「その切り出しではあとが続けにくかろう。気張らず気楽にやれ」

間を置かずにみつが言う。

「そんなふうに言われては、励まされたのか出鼻を挫《くじ》かれたのかわかりませんね」

「父上も母上も、わたしが緊張せぬよう気を遣っていただいたのでしょうが」

「親心がすぎたか。わかっておるなら、気を遣うことはなかったな」

茶碗を取って、幸司はもうひと口含んだ。

「御家老は父上に、鶴松さまと取り巻きのひねくれた根性を、叩き直してもらいたい、とおっしゃったとのことでしたね」

「ひねくれてはおらなんだか」

「それなりにひねくれておりました。ただし、取り巻きだけでしたが」

「御家老は鶴松さまのお名前も挙げられて、はっきりおっしゃったのだが」

「朱《しゅ》に交われば赤くなる、との諺《ことわざ》がありますね。色は濃い色に染まるし、人は良い人よりも悪い人の影響を強く受けると言われていますから」

「そうなるまえに手を打ちたいのであろう、御家老さまは。だが親の自分が説教すれば、すなおに聞かぬかもしれんし、逆効果を招くこともある。まったく縁のない、おなじ世代の者の話なら聞くのではないか、ということか」

「わたしには御家老のお心はわかりかねますが、父上を通じてわたしに話を持ってこられたのは、そういうことかもしれませんね」

「で、鶴松さまは染まりかけておるのか」

「そうなるかもしれません」

「どういうことだ」

「あのお方はやさしすぎます」

「でもやさしいのは、欠点と言えないでしょう」

ついというふうに、みつが言葉を挟んだ。

「もちろんです。ですが、すぎると欠点になるかもしれません。やさしいだけでなく、鶴松さまはふしぎなお方です」

源太夫もみつも口を挟みたそうであったが、ここは息子の話を聞くべきだと自分を納得させたらしい。

「剣の腕は取り巻きとは雲泥《うんでい》の差がありまして、取り巻きは岩倉道場の年少組とさほどちがいません」

「いくらなんでも大袈裟ではないのか」

「取り巻きは十四、五歳ですが、十二歳の伸吉に勝てる者は一人もいないでしょう」

「伸吉は年少組とは言っても」

「別格ですね。岩倉道場の十四、五歳の者でしたら、だれも取り巻きには負けないと思います。ところが鶴松さまはかなりの腕で、正統的な剣の遣い手です」

「御家老が、ちゃんと仕込まれたからであろう。よし、およそのことはわかったゆえ、順に話してくれ」

幸司はうなずくと話し始めた。

初回ということもあり、みつが念のために早く送り出したので、幸司が次席家老の屋敷に着いたのは、予定の四ツよりずっと早かった。

当然、家老の一亀は家士を引き連れて登城していたが、側用人《そばようにん》が待ち受けていて鶴松と引きあわせた。また奥方の美砂も、最初だからだろうが姿を見せて挨拶した。

道場は屋敷地の西北隅に建てられた、横五間（九メートル強）に縦四間（七・三メートル弱）の、予想していたより遥かに堂々としたものであった。着替え室や控えの間も付属している。

南は開けているが、東西と北側は、枝葉の密度が濃い檜葉《ひば》の垣根《かきね》に囲まれていた。母屋や近隣へ、騒音が漏れぬようにとの配慮だろう。

鶴松は十四歳にしては背丈《せたけ》もあり、骨格もしっかりしていたが、顔は細面《ほそおもて》で端整《たんせい》であった。はにかんだような笑いが印象的で、話し方が控え目なのでおだやかに感じられた。

差《さ》し障《さわ》りのない話から始まったが、いつの間にか鶴松に問われて、幸司がそれに答えるようになっていた。訊かれるのは岩倉道場のことで、通称「西の丸」の上級藩士のための道場との差異に鶴松の好奇心は向けられているようだ。特に道場訓と、道場に現れて稽古着に着替えた弟子が、かならずそれを唱和すると知って強い関心を示した。道場訓の総数が十三であることと、その一つ一つの内容を知りたがったのである。

鶴松の学友たちは、予定の四ツ近くなってぼつぼつとやって来た。その都度《つど》、鶴松が紹介するのだが、総じて尊大であった。だれもが中老格とか物頭《ものがしら》席の騎馬士たち、つまり鎗持ちを従えて馬に乗る資格を有する藩士の息子ということだ。

二人が三人となると仲間内で通じるだけの話に興じ始めたので、鶴松と幸司の会話は自然に途絶《とだ》えてしまった。

「待たせたようだな。悪い悪い」

言いながら最後に入って来たのは、鶴松によると弓組支配頭を兼務する目付の息子、目黒《めぐろ》三之亟《さんのじょう》とのことであった。心のだらしなさがそのまま体に出たようで、まるで締《し》まりの感じられぬふやけた体付きをしていた。

その若者が最後なので、鶴松の学友は五名ということになる。

幸司は自分がこれまで住んでいたのとは、かなり異質の世界に足を踏み入れたのを感じずにはいられなかった。いや、もしかするとまったくの異界なのかもしれない。ふとそんな気がした。

改めて鶴松が幸司を紹介したが、岩倉道場と聞いて「ああ、軍鶏道場の倅か」と、鼻先で笑った者がいた。おおよその反応は予想していたので、幸司は表情に出すことなく静かに控えていた。

「父のたっての希望で、われらのもっとも不得手《ふえて》とする剣術に、ともに学べる新顔を加えることになった。岩倉幸司どのだ」

言われて、幸司はその場で静かに頭をさげた。

「なお、幸司どのに加わってもらうに際し、父から次のことを強《きつ》く言われているので、それを守ってもらいたい。われら六名と幸司どのは対等とする。次に稽古時間開始を現行より一刻早めて五ツ（八時）からとし、終了はこれまでどおり九ツとする。実際の稽古に際しては、かならず幸司どのの指示に従うこと。この三点を絶対に守り、従えぬとか不満がある場合は、こと道場に関しては出入りを遠慮してもらいたい。以上、了承していただけますね」

学友たちはかなりの不快を顔に表したが、次席家老からの命令となれば、受《う》け容《い》れるしかない。将来の出世を目論《もくろ》み、なんらかの伝手《つて》によって家老の息子の学友に、親が送りこんだ者がほとんどだろう。

「では、そういうことで進めたい。幸司どのからなにかありますか」

「稽古開始時刻を守り、開始まえに稽古着に着替え、防具の装着を終えていただきたい。以下は実際の稽古を拝見してから、考えを述べたいと思います」

「よろしいですね、みなさん」と、鶴松は念を押した。「開始時刻に遅れ、それまでに着替えを終えていなければ、出入りをお断りすることになります」

ということで稽古着への着替えが始まった。

家老からの命令ではあるが、幸司や父源太夫の思惑《おもわく》が採り入れられていると、学友たちが考えて当然である。不穏《ふおん》な空気が底に流れているのを、感じずにはいられない。

幸司が、続いて鶴松が着替えを終えた。あとの五人はだらだらして、二人の三倍は掛かった。なんともみっともないことだが、まるで自覚していないのだ。

それについて幸司は、注意を与えるようなことはしなかった。やがてそれがいかに恥ずかしいことか、わかるようになるはずだからである。

一番遅かったのは、遅れてやって来た目付の倅であった。

「では、普段どのように稽古しているかを見せていただきましょうか。まず地稽古を鶴松さまと、そうですね」

　幸司は鶴松の相手に、さり気《げ》なく目黒三之亟を指名した。

　鶴松と三之亟が対峙《たいじ》したが、立った姿を見ただけで明らかだった。

　三之亟は立ち位置、足の開き、竹刀の構え方のなに一つとしてできていないのである。我流でもなかった。我流ならまだ、他人を見てあれこれ考え、自分でさまざまな試みをおこない、最良の方法を導きだしているからである。おそらく教えられたはずだが、三之亟は基本ができていなかった。

　一方の鶴松は、背筋が伸びていたし、足の開きから竹刀の構え方まで、どこを取っても申し分なかった。全身にむだな力が入っていないので、相手のいかなる攻めにも、直ちに対処できるはずだ。

　打ち合いが始まったが、打ちこみと捌《さば》きを型通り繰り返すだけであった。いつまで見ても無意味なのはわかっていたが、しばらくやらせてみた。

「ありがとうございました」

　幸司は二人におだやかに笑い掛けてから、鶴松に厳しい目を向けた。

「鶴松さまは、なぜに遠慮なさるのです」

「わたしは遠慮など」

幸司は左手で竹刀を摑むと立ちあがった。三之亟やほかの取り巻きはにやにや笑いを浮かべ、小馬鹿にしたように見ている。

「道場で手を抜く、遠慮することは、相手を侮辱《ぶじょく》していることになるのですよ」

じっと鶴松の目を見ると、相手はごくりと唾《つば》を吞《の》み、一つおおきく深呼吸をした。幸司になにを言われたかわかっているのだ。

「三之亟さまがお相手なので遠慮なさったのでしょうから、わたしがお相手致します。板の上で全力を尽くしてこそ、相手を認めたことになるのです。よろしいか、わたしを斬り殺す意気込みで。わたしもそのつもりでやりますから。では」

一礼して竹刀を構えるなり、幸司は猛烈な突きを入れたが、間一髪、鶴松はそれを躱《かわ》すと体を捩《ね》じりながら、幸司の伸び切った上体を薙《な》いだ。凌《しの》げたと思ったが、剣先《けんせん》が脇腹の稽古着を掠《かす》った。

幸司は飛《と》び退《の》いて、竹刀を左手に持ち直すと一礼した。

「見事に取られました」

潔《いさぎよ》く認めると、鶴松は白い歯を見せて微《かす》かに笑みを浮かべた。

「掠ったか掠らぬかで、父なら勝負あったとは認めないでしょう」

鶴松は学友を見たが、がっかりしたように言った。

「どうやら見えていなかったようだね」

幸司を見て鶴松は苦い笑いを浮かべたので、透かさず持ち掛けた。

「もう一番願いたい」

「いいですが、今の勝負はなしということで」

鶴松の動きは速く、攻めは確実で、守りは堅かった。

互いが全力を尽くし、出せる力を出し切っての戦いなので、幸司は爽快な気分に満たされた。取り巻きたちから厭《いや》な気分を味わわせられていたが、いつの間にか雲散霧消《うんさんむしょう》していた。

気分よく戦っているのが自分だけでないことは、激しい攻防の中で一瞬だけ見えた鶴松の目が語っていた。頭と顔を護《まも》る防具の面、その金具の物見の奥の目が、強い輝きを見せて煌《きら》めいたのである。

五

目まぐるしく動き続けることおよそ四半刻に及んだだろうか、さすがに汗が流れ落ち、稽古着が重くなってきた。

鶴松の実力は幸司の予想をかなり超えていた。数えていた訳ではないが、五本に三本か二本に一本の割で幸司が優勢であった。

初日はようす見ぐらいに考えていたので、幸司にすればそれで十分である。籠手を取られた瞬間、幸司は飛びさがって竹刀を左手に持ち替えた。

「ここまでにしましょう。ありがとうございました」

「こちらこそ、久し振りにいい汗を流せた」

幸司は学友という名の取り巻きを見廻し、目黒三之亟を見据《みす》えて言った。

「これでおわかりでしょう、鶴松さまが遠慮なさっていたのが」

おだやかに言ったつもりであったが、三之亟は幸司に言われたことが気に入らなかったらしい。

「わずかに有利だっただけで、生意気な言い方をするものではない。おれだって鶴松さまとは互角に渡りあったではないか」

「鶴松さまが遠慮なさっていたからです」

「なんだと」

「ということは、それすらわからなかったということですか。これは呆《あき》れました」

である。

三之亟の対し方があまりにもひどいので、幸司はつい挑発《ちょうはつ》してしまったので

ある。

竹刀を摑むと飛びあがり、三之亟は憤怒《ふんぬ》で顔を真っ赤にしてその場に仁王立《におうだ》ち

になった。

「待て、落ち着くのだ」と三之亟に言ってから、鶴松は幸司を見た。「汗を拭《ぬぐ》っ

てからにしたほうがよいのではないか。稽古着が重くなっていよう」

「いえ、すぐ終わりますから」

そのひと言が三之亟を激怒させた。

「さあ、来い」

道場の中央に飛び出すなり構えたが、足の開きからしてさまになっていないの

である。

幸司は立ったまま礼をすると、竹刀を構えた。

「では、まいる」

言うと同時に体を前傾すると、腕と竹刀を一本の棒のごとくなして床を蹴っ

た。

ドスンという音とともに三之亟は背後に倒れたが、おおきな音は倒れただけで

なく後頭部を打ったからだ。

幸司の剣先は咽喉《のど》を激しく突いたが、防具の突《つ》き垂《だれ》を直撃したため、三之亟は一撃で倒されたのである。真剣であれば、咽喉仏を刺し抜いていたはずだ。

取り巻きが顔色を変えて三之亟に取りすがり、揺さぶったり、頬を張ったりし始めた。うちの一人が、凄《すさ》まじい形相《ぎょうそう》で幸司を睨みあげた。

「不意討ちは卑怯《ひきょう》であろう」

「では、まいると申した。油断したのであれば、武士として不覚である」

呻《うめ》き声《ごえ》とともに、三之亟が何度も首を振った。気絶していたが、息を吹き返したのである。

「もう一番まいるか」と三之亟に言ってから、幸司は取り巻きに目を向けた。

「あるいはどなたか、替わりにでもかまいません。そう言えば、ほかの方との手合わせはまだでしたね」

なにが起きたかわからないらしく、仲間に抱き起こされた三之亟は虚《うつ》ろな目をしていた。

「三之亟は、今日はむりだ。休ませたほうがよい」

そう言ったのは、取り巻きの中ではいくらかまともと感じられる若者であった。身のこなしからすると、一番遣えるようである。あるいは鶴松が手加減していたことや、三之亟の実力を知りながら、これまでは適当に調子をあわせていたのかもしれなかった。

出入口の引き戸が開けられて、家士が「若さま」と鶴松を呼んだ。

わずかに言葉を交わしただけで、鶴松は引き返して来た。

「ほどなく飯の用意ができるそうだ。早めに汗を拭って着替えるようにと言われた。と言って汗を掻いたのは、わたしと幸司どののだけだな」

三之亟はなにも言わなかったが、自分が仲間に介抱されていたことなどから、事情を察したようである。黙したまま不機嫌《ふきげん》な顔をしていた。

稽古着を脱いで、汗を拭い、素早く着替える。稽古着を折り畳み、胴や面などの防具を袋に収めた。それらをまとめて、竹刀袋に入れた竹刀を通して担げるようにした。

学友が片付けに手間取ったので、しばらくは待たねばならなかった。

防具入れを脇玄関の横に設けられた小部屋に置くと、廊下を何度か折れ曲がって庭に面した座敷に通された。

丁度《ちょうど》、家士が膳部《ぜんぶ》を調《ととの》えて、引きさがるところであった。

武家では食事中は喋らぬように幼いころから躾《しつ》けられているが、食後の茶となっても話が弾《はず》むことはなかった。だれもが予想していたのとは、ちがった展開になったからだろう。

幸司を加えることについての家老の考え、鶴松がどうやら手加減をし続けていたらしいこと、多分だれもが、あるいはほとんどの者がそれを見抜けなかったこと、三之亟が一撃で幸司に倒されたことなどに、思いを馳《は》せていたからかもしれない。

気まずい思いというのではないが、どことなく居心地が悪い、あるいは一人になって考え直してみたいなど、銘々《めいめい》に含むところがあったようだ。だれが言った訳でもないが、自然と解散になったのである。

幸司が荷物を取りに部屋を出ようとしたとき、聞きたいことがあるので残ってもらえないかと鶴松に言われた。

場所を移したが、どうやら鶴松の居室のようであった。庭に面した障子に向けて文机《ふづくえ》と書見台が置かれ、壁面には書棚がしつらえられている。なんらかの基準で整理してあるのだろう、何段にも書が積み重ねられていた。

床《とこ》の間《ま》には山水画の軸が掛けられ、鉢には花が活《い》けられている。

鶴松が障子を開けると、庭にいた五、六羽の小鳥が一斉に飛び立った。頭や胸、頸《くび》が茶褐色《ちゃかっしょく》で、足と嘴《くちばし》が黄色いので椋鳥《むくどり》だろう。

外縁《そとえん》に出た鶴松は胡坐《あぐら》を掻くと、ちらりと幸司を見て隣に坐るよう目顔でうながした。おなじように胡坐を掻くと鶴松が言った。

「父がなぜ、幸司どのをわれらの仲間に加えたのか、実によくわかった」

「と、申されますと」

「父はできれば、優柔不断なわたしの横っ面を張り倒したかったのだと思う」

自分で感じたことの結論を口にしたのだろうが、そこに至る過程が想像できないので、幸司には訳がわからない。

「だが、父にはそんなことはできない。心根のやさしい人だからね。だけどそのままにはしておけないので、それを幸司どのにやらせたのだ。そして父の期待どおり、幸司どのはわたしの横っ面を張り倒し、目覚めさせてくれた」

「未熟なわたしにそんなことができる訳がありませんが、ただもどかしくてならなかったのです。おそらく鶴松さまは、我慢なさっていなさるのだろう。でなければ、ご本人は相手にとっていいと思ってらっしゃるのに、逆になることがわかっておられない」

いけないつい言いすぎた、と幸司は思った。ところが鶴松は、おおきな音を立てて膝《ひざ》を叩いた。

「感じていたのだ。わかっていたのだ。でありながら、できなかったのだよ。ところが、わたしがやるべきこと、やらねばならぬことを、幸司どのはやってのけた。それも、いとも簡単に」

「鶴松さまはご学友の皆さんとは長いお付きあいでしょうから、自然とご自分を抑えられるようになったのだと思います。ところがわたしは、外から入って来ましたからね。皆さんが慣れてしまわれたことが、とても奇妙に見えました」

「そうなのだ。まさに幸司どのの言われるとおりなのだ」

武家、それも家老の息子である。そこまですなおに、気持を打ち明けるだろうか。だが目のまえの若者は、どうみても凡愚《ぼんぐ》ではない。いや、聡明《そうめい》と言っていいだろう。ところがなにか、おそらく強さ、力強さが感じられないのである。

今日の自分の行動には、鶴松さまはこうすべきなのになぜなさらないのですというう、いらだちに近いものがあったのかもしれない。幸司はそう思わずにいられなかった。

「幸司どのが、あるべきわたしの姿を見せてくれた。それはわたしが感じながらやらなかった、いや、できなかったことだ。だから幸司どの、次回からわたしは正直に自分を出そうと思う。三之亟を叩きのめして、わかったか、これがおまえの真の姿なのだよ。恥ずかしかったら、口惜しかったら、これからは、少しは稽古に励むがいい。そう言いたい。それを示したい。わたしは明日から、いや、今から自分に正直に生きようと思う」

それは常々鶴松が思っていたことだろう。思っていながらどうにもならず、そんな自分に腹立ちを覚えることはあっても、実際はできずに悶々《もんもん》としていたのだ。

息子の胸の裡《うち》を見抜いた父親の一亀は、いろいろ考えた末に、それができるかもしれない若者を立てることにした。それが幸司だったにちがいない。

一亀のねらいは当たり、鶴松はようやくのこと目覚めたのだ。あとはそれを実行に移せるかどうかだが、幸司に言明したからには後には退けない。自分だけならともかく、幸司にも嘘《うそ》を吐《つ》くことになるからだ。

いつの間にか庭に椋鳥たちがもどり、小走りになりながら、ときおり地面を啄《ついば》んでいる。二人の若者がなんの害も加えないことを、見抜いたからだろう。

鶴松は八歳から剣術を、九歳から馬術の基本を一亀から仕込まれた。そして基礎体力と均衡《きんこう》感覚が身に付いた十歳からは鎗術を習ったそうだ。

五人の学友が、行動を共にするようになったのはそのころであった。仕事の多忙もあって、一亀がそれまでほど鶴松にかまうことができなくなったからである。

一亀は剣術については、通称「西の丸」の道場に通うようにと鶴松に言った。ところが何度か行くうちに、目黒三之亟などが口うるさい師範を煙たがるようになったのである。せっかく屋敷内に道場があるのだからそこで励むことにしようと提案し、鶴松は反対したものの押し切られてしまった。

最初のうちこそ、それらしくやっていたが、いつしか雑談をしてすごすようになったのだ。

後ろめたいところのある鶴松は、屋敷の道場で素振りや型に励んだが、相手がいなければできることはかぎられてしまう。

一亀が源太夫に話を持ち掛け、幸司が鶴松とその学友と剣を学ぶ、というか指導することになったのは、丁度そのころであった。

源太夫が感じ入ったように考えを述べた。

「西の丸に通わなくなったことは、当座は誤魔化《ごまか》せても一亀さまはすぐに気付かれたであろう。それに鶴松どのと学友が顔を出さないことは、道場の師範から連絡が行く。お叱《しか》りにならなんだのは、さすが一亀さまだ」

「と申されますと」

「叱れば、鶴松どのは仲間を説得して西の丸に通うだろうが、自分から進んではない。父に叱責《しっせき》されたから従うだけである」

「そうかもしれません」

「一亀さまにすればそれでは意味がない。鶴松どのが自分から進んで、学友たちを引っ張って行くほどの気概を見せることを願っておられる。ところが鶴松どのはおだやかな性格ゆえ、日ごろ考えたり感じたりしてもそれを行動に移せない。そのためには衝撃を与えられる人物を探す必要がある」

幸司の頰が紅潮するのがわかった。自分が選ばれた理由に、思い当たるところがあったのかもしれない。

「剣の腕が鶴松どのと同等、いや、上でなければならんな。かと言って上すぎてはならんのだ。多少上が最善だ」

「ぴったりな者が居たのですね」

「ああ、それも意外と近くにな。だがそれだけではだめなのだ。一亀さまの条件は厳しいが、なぜなら息子の生涯に関わることでもあるからな」

「生涯、でございますか」

「曇《くも》りのない目で、人の本質を見抜けるようでなければならない。人の上に立つ者には、それが必須なのだ」

「難しゅうございますね」

「これほど難しいことはないが、問題を剣に絞ればどうだ」

幸司は考えこんでしまった。

そんな兄と父を、花が瞳を輝かせながら見ている。話している内容のすべてがわかっている訳ではなく、おそらくは半分もわかっていないかもしれない。だが花にとっては、自分がその場に居ること自体に意味があり、うれしいにちがいなかった。

「道場の板の上ではだれもが対等である」

「常に全力を尽くさねばならぬ。手を抜けば相手を侮辱することになる、ですね」

「そうだ。それをわきまえているからこそ、幸司は選ばれたのだ。つまり腕のない相手であろうと、容赦なく叩きのめせる者だ。それを見せられると、鶴松どのは、自分は本来かくあらねばならぬのだと、気付かれぬはずがない」

「鶴松さまは三之亟を叩きのめして、恥ずかしかったら稽古に励むがいい、そう言ってやりたいと」

「まさに一亀さまのねらいが、嵌《は》まったということではないか。それにしても周到《しゅうとう》だが、あれが上に立つお方の器というものだろうな」

「周到、と申されますと」

「鶴松どのが学友に幸司を紹介するとき、なんと言うた」

「父から強く言われたが、われら六名と幸司どのは対等とする、と。稽古に際しては、かならず幸司どのの指示に従うこと。自分の名前にどのを付けるのは、どうにも照れくさいですね」

「それは学友に対しての言葉ではないのだ」

「どういうことでしょう」

「一亀さまが、幸司と鶴松どのに対して言われたのだ。ゆえに幸司は三之亟とやらを叩きのめしたし、鶴松どのに、三之亟を叩きのめしたいと言わせた」

「すべてが、なにもかもが繋《つな》がるのですね」

「そういうことだ。となると、幸司も繋げねばな」

「どういうことでしょう」

「初めて鶴松どのと学友に会ったとき、異界に足を踏み入れたように感じたと言った」

「はい。まさにそう思いましたから」

「異界なのだよ。だがやつら、ではなかったな、あのお方たちは、その事実にお気付きではござらっしゃらないのだ」

みつが噴き出し、あわてて弁解した。

「慣れない言い方をなさると、舌を嚙みますよ」

「自分たちが異界にいながら、それが真っ当な世界だと思いこんでおる。だから幸司は鶴松どのとそのご学友を、異界からこの世に引きもどしてやらねばならない」

「できるでしょうか」

「できるかできないか、やってみなければわからぬ。やってみたらどうだ」

そう言って、源太夫はにやりと笑った。

ひこばえ

一

「だ、だ、旦那さま」

引き開けた腰高障子《こしだかしようじ》を閉めもせず、道場の下男部屋から亀吉《かめきち》が転がるように出て来た。

やはり、との思いと、まちがいなかろうとの確信が、一瞬にして心を占めた。顔を洗い、口を漱《すす》いだ源太夫《げんだゆう》は、食事を終えると母屋《おもや》の裏手に出た。ところが鶏小屋の付近に、人影がなかったのである。

源太夫の姿を見たからだろう、屋敷の北側の塀《へい》に差し掛けになった鶏小屋が騒がしくなった。軍鶏《しやも》たちがルルルあるいはロロロと鳴いて、餌《えさ》を催促《さいそく》している。

――もしや。

心が騒いだ。

いつもなら餌を与えている亀吉、杖《つえ》を突いて軍鶏たちを見廻《みまわ》っているはずの権《ごん》助《すけ》、どちらの姿もなかった。常夜灯《じようやとう》の辻で時の鐘が六ツ（六時）を告げたのに、二人の姿を見ないということは考えられない。

生垣《いけがき》に設けられた柴折戸《しおりど》を押して庭に出ると、道場では床の拭《ふ》き掃除《そうじ》をしている弟子たちの気配がある。ところが庭に、床几《しょうぎ》に腰掛けた権助の姿はなかった。

そこへ亀吉が転がり出て来たのである。

「落ち着け。権助の具合がよくないのか」

息を弾《はず》ませながら何度もうなずいた亀吉の、唇《くちびる》がブルブルと震えている。その色は紫に近く、顔は蒼白《そうはく》である。

足早に下男部屋に向かいながら、源太夫は念のためたしかめた。

「儚《はかな》くなったのだな」

亀吉はなにかを言おうとしたが言葉にならず、何度もうなずいて見せた。

「苦しまなんだのか」

亀吉はさらにおおきくうなずいた。源太夫はいくらかではあるが、心が軽くなる思いがした。

気配を察してだろう、道場の出入口に戸崎伸吉《とざきしんきち》や源太夫の息子の幸司《こうじ》ら、早朝の拭き掃除に集まった何人かの弟子の顔が見えた。

「いいから続けろ」

源太夫に言われて、弟子たちは道場にもどった。

下男部屋は三畳と狭い。そこに二人分の蒲団《ふとん》が敷かれていたが、部屋の奥側に、顔が土気色《つちけいろ》に変わり果てた権助が仰向《あおむ》けになっていた。

前日は庭に出て、唐丸籠《とうまるかご》に移された軍鶏たちを、杖を突きながらゆっくりと見廻っていたのである。突然と言えば、あまりにも突然であった。

老いて衰弱《すいじやく》してはいたが、特に患《わずら》っていた訳でもなければ、怪我《けが》をしたとか腰や手足を傷《いた》めていたということもない。眠っているうちに旅立ったのであれば、ほとんど苦しむことはなかったはずである。

枕上《まくらがみ》近くに膝を突き、忠実に尽くしてくれた下男の顔に見入った。

見開いた眼は、単なる空洞でしかない。

源太夫はその目を閉じてやった。

「わいは寝坊助《ねぼすけ》で、いつも権助はん、いえ師匠に起こしてもろとったんです。ほなけんど今朝《けさ》は、気が付いたら明るい。なんでや思うて横を見たら」

亀吉は口に手を当て、ぐふぐふと籠《こ》もったような音を立てた。

「起きたときには、冷たくなっておったのだな」

言葉はない。ただうなずくだけであった。

「昨夜《ゆうべ》、苦しんだようなことはなかったか」

「へえ。五日まえに孵《かえ》ったばかりの雛《ひな》の話をしながら、どれに見こみがあり、どれがそうでないか。どうしてそう思うかを、一羽一羽、ええところとそうでないところを挙げながら、話してくれよりました。全部の雛について話し終えて静かになり、すやすやと寝息が聞こえたので、安心してわいも」

そのまま寝てしまったということだ。

そして目覚めると、権助は冷たい骸《むくろ》となっていた。それにしても死ぬ直前まで亀吉に、生まれて間もない軍鶏の雛の善《よ》し悪《あ》しについて語っていたとは、いかにもこの男らしいではないか。

「あの、旦那さま」

「なんだ」

「わいは、軍鶏の世話をせんならん。腹を空《す》かせて、餌を待ちわびとるはずやけん。それが権助はんへの、わいのせめてもの」

言葉が続かない。

「なによりの供養《くよう》となろう。良い弟子だと、権助も喜んでいるはずだ」

亀吉は頭をさげ、静かに出て行った。

北向きの下男部屋は薄暗い。権助は頭髪だけでなく、無精髭《ぶしょうひげ》も眉《まゆ》も真っ白で、眉には長い毛も何本か混じっている。肌には老いが刻みこまれていた。

「大往生《だいおうじょう》だな、権助」と、源太夫は思わず語り掛けていた。「いかにもおまえにふさわしい最期《さいご》だ。天は苦しめることなく、そっと引き取りたかったのだろう」

母屋にもどった源太夫は、みつに権助の死を伝えた。絶句したのは、衰弱した姿を日々見てはいても、よもや権助が死ぬとは、思いもしていなかったからだろう。死に顔を見た源太夫にしても、未《いま》だに信じられぬ思いであった。

「身寄りがないので、いや、家族同様であったのだから、わが家で葬《ほうむ》ってやりたい。線香の用意をしてくれんか。それを終えたら出掛ける」

家士《かし》であれば藩庁に届けねばならないが、下男ゆえその必要はない。ただし葬るには医者か、検死した町奉行所同心など役人の書面が必要であった。

火を点《つ》けた線香と線香立てを用意させると、源太夫は軍鶏小屋で作業していた亀吉を連れて下男部屋にもどった。

権助の枕元に線香立てを置き、亀吉にも火を移した線香を立てさせて、二人で合掌《がっしょう》し、冥福《めいふく》を祈った。

「医者か役人に見せるまでは、そのままにしておかねばならない。わしが届け、検死といって医者か役人がたしかめるので、それまでは権助の死んだことを伏せておくように。それから、自分の蒲団は畳んでおけ」

「へえ。わかりました」

母屋にもどると、みつが着物を用意して待っていた。手伝わせて着替え、袴《はかま》を穿《は》き羽織《はおり》を重ねる。そうしながらみつに、町奉行所に届けて検死してもらい、用がすめば正願寺《せいがんじ》に行くことを伝えた。それが終わるまで、死を伏せておくこともである。

源太夫は道場に出向き、出入口に幸司を呼び出した。

幸司は事情を察していたようだが、やはり伏せておくようにと念を押した。

権助は杖に頼らねば歩けなくなってからも、軍鶏を見廻るのが楽しみであった。疲れると床几に腰をおろして、分散して置かれた唐丸籠の軍鶏を、飽きることなく見ていたのである。

道場入りする弟子が挨拶《あいさつ》すると、律義《りちぎ》に返辞《へんじ》していたのだから、その姿がなければ気付かぬ者はいないだろう。だが、なにか訊《き》かれても、曖昧《あいまい》に濁《にご》しておくように言ったのである。

「わしは出掛けねばならんので、上位の者で話しあって段取りするように。年少組の指導もいつもどおりだ」

「はい。わかりました」

源太夫は門を出ると東への道を採《と》った。

園瀬《そのせ》の里の要《かなめ》とも言えるのが、常夜灯の辻である。

辻の名の由来となった灯籠《とうろう》は、庵治《あじ》の御影石《みかげいし》造りであった。基礎、竿《さお》、中台、火袋、笠、宝珠《ほうじゅ》まで二間（約三・六メートル）ほどの、堂々たる造りである。

灯籠の基礎は八角形で、横に唐草《からくさ》模様が彫られていた。宝珠と笠は緻密《ちみつ》な黒御影石で、磨きあげられて光沢《こうたく》を放っている。竿は太くて短く安定しているが、削り出されたままで磨かれていないため白っぽく見えた。

火袋は四角形でおおきく、四面に障子紙が貼られた頑丈《がんじょう》な木枠が嵌《は》められているので、強い風にも火が消えることはない。笠が張り出しているので、大抵《たいてい》の雨なら障子紙が濡《ぬ》れる心配は不要であった。

常夜灯は辻の南西角に建てられ、南東角には辻番所が設けられていた。番所では六尺棒を持った番人が交替で番をし、夜を徹して灯を絶やさないようにしている。

辻の北東角には火の見櫓《やぐら》が組まれて、半鐘《はんしょう》が取り付けられていた。また火の見ほど高くはないが石組みの台座が設けられ、時の鐘が据《す》えられていた。堤防の内側なら、ほぼ全域でその音を聞くことができる。

辻の北西角は、高札《こうさつ》を掲《かか》げる高札場となっていた。

岩倉《いわくら》道場からは常夜灯の辻への三分の二ほどの、役方（文官）の屋敷地の上《かみ》ノ丁《ちょう》、その一角に町奉行所はある。

園瀬の町奉行所の同心は六人で、三人ずつが交替で勤めていて、町廻りなどの一切《いっさい》を受け持っていた。検死は同心の役目の一つである。犯人の捕縛には非番の同心も、岡っ引や下っ引の手下を引き連れて出動した。

以前、全国に知られた園瀬の盆踊りを潰《つぶ》そうとした一味の企《たくら》みを、町奉行所が中心になって未然に防いだことがあった。その折、源太夫や弟子たちが大いに力を発揮《はっき》したので、番所の者とは顔見知りとなっている。

都合のいいことには、親しくしている同心の相田順一郎《あいだじゅんいちろう》が在所していた。事情を話すと、しばし待たれよと言ったが、すぐに用意を整えて出て来た。

道を逆に辿《たど》って屋敷にもどる。

亀吉は下男部屋で権助の枕辺に蹲《うずくま》っていたが、源太夫が同道したのが同心だとわかったからだろう、顔を強張《こわば》らせた。

「亀吉、町奉行所のお方だ。訊かれたことに正直に答えるように」

源太夫の言い方では却《かえ》って緊張すると思ったらしく、相田は穏《おだ》やかな里言葉でゆっくりと話し掛けた。この同心は、町人や百姓と武家の言葉を、器用に使い分けられるのであった。

「怖がることはないでよ。ちょびっと教えてもらいたいだけやけんな」

言いながら相田は権助の手首を取ったが、わかってはいても念のために脈をたしかめたのだろう。続いて瞼《まぶた》を押しあげたが、すぐに閉じた。

そうしながら亀吉に、この数日で熱を出したことがないかとか、咳《せき》はしなかったか、立《た》ち眩《くら》みとか体のどこかが痛いなどということはなかったか、などと矢継《やつ》ぎ早《ばや》に訊いたのである。

「亀吉とゆうたかいな、なかなかしっかりしとる。大人でもおまはんほど、ちゃんと答えられる者はあまりおらんでわ。ほな、もうさがってもええ」

「へえ。わかりました」

同心に答えてから亀吉は源太夫に言った。

「餌ぁ喰い終わったころやと思いますけん、庭に移して小屋を掃除しときます」

「任せたぞ」

亀吉は二人に頭をさげて部屋を出た。

「かなりの高齢とお見受けしたが」

「実は恥ずかしながら、亀吉にも劣《おと》ることしか答えられぬありさまで。名は権助と分かっておるが、年齢を存じておらぬのだ。十年か十五年ほどまえに訊いた折、古稀《こき》にはまだ間がありますが、還暦《かんれき》はすぎておりますと笑っておったが」

「とすれば七十五歳から八十歳見当、八十五歳ぐらいまでということになりますな。どうやら下僕《げぼく》らしいが」

「父の下男であったが、父が亡くなってからは、それがしに仕《つか》えておった。かつては血族か知己《ちき》かどうか知れぬが、訪れる者もいたらしい。わしの下男となってからは、そのようなことはなかった。ということで、生国《しょうごく》も知らねば、父に仕えるまでなにをしておったかも、それどころか齢《とし》さえも存ぜぬのでな。こんなことで書面の形をなすものかどうか」

「近隣と揉め事を起こしたとか、客の金品が紛失した現場に何度か居たとか、怪しげな者が訪ねて、おっと、これはなかったな。ともかくいかがわしいことは」

「それに関しては、品行方正を絵に描いたような男で」

「子はおらぬか」

「これまでのところ、それらしき者は。隠し子がいないともかぎらぬが」

相田はしみじみと、権助の死に顔に見入った。

「若いときがあったはずだが、艶《つや》っぽいことには縁がなさそうだな」

「それはともかくとして、これほどまでに曖昧尽《づ》くしで、書面に整えられるのであるか」

相田は黙りこんだが、やがて奇妙な笑いを浮かべた。

「いささか旧聞《きゆうぶん》に属するが、隣藩の老職家で不祥事が起きたので調べてみると、用人が出した履歴《りれき》が嘘八百《うそはつぴやく》だったとわかったそうだ。でありながら老職家が受《う》け容《い》れていたということは、書類なんぞというものはなんとでもなる、ということではなかろうか」

老職とは家老や中老の藩の要職である。取次役で代理を務めるのが用人だが、でありながら経歴が不確かなまま役に就《つ》いていることもあるのだ。

下《した》っ端《ぱ》役人の相田としては、精一杯の皮肉だろう。

「それに較《くら》べ、貴殿の場合は御前《ごぜん》さまから任された道場のあるじだ。しかも品行方正な老僕の、老衰による自然《じねん》の死。どこに問題があろうか」

相田は懐《ふところ》から用紙を出し、腰帯から矢立《やたて》を抜くと、筆を取って認《したた》めた。

受け取った書面は、極めて簡潔なものであった。藩主家の意向により設立された岩倉道場に、先代から仕えておる権助なる下僕が死去したが、種々の事情を勘案して老齢による衰弱死と認めるものである。そのようなことが記されていた。

道場は源太夫の代で開いたので、「先代から仕えて」は厳密に言えば正確ではないが、どうとでも取れる書き方である。

末尾に、町奉行所同心相田順一郎の署名があった。

「これを寺に持参すれば、埋葬《まいそう》してもらえるということですな」

「なにか疑義がおありか」

ある訳がないではないか。

源太夫は相田に待ってもらい、手間賃代わりの謝礼を包んで渡し、送り出したのである。

二

岩倉家の菩提寺《ぼだいじ》は寺町にある飛邑寺《ひゆうじ》だが、源太夫は北の外れに位置する正願寺の恵海和尚《えかいおしょう》に頼むことにした。

理由は二つある。

飛邑寺への埋葬は、親戚の強い反対が考えられた。とりわけ、今では本家当主となっている修一郎《しゅういちろう》が、下男を埋めるのに同意するとは思えなかった。

寺地のべつの場所に埋めるとしても、住持《じゅうじ》を説得しなければならないが、金銭問題も絡《から》んで相当に骨を折ることになりそうだ。それにいずれは修一郎や親戚にも知られるだろうから、気まずくなるのは目に見えていた。

その点、正願寺であれば、恵海和尚は源太夫にとって酒と囲碁《いご》の友なので頼みやすい。しかも弟子であった大村圭二郎《おおむらけいじろう》が、恵山《えざん》と名を改めて和尚のもとで修行している。

藩校「千秋館《せんしゅうかん》」の池田盤晴《いけだばんせい》に託されたのが圭二郎で、手に負えぬ厄介《やっかい》な少年であった。剣に打ちこむことによって、いくらかでも変えることができるかもしれぬ、というのが盤晴の真意だったようだ。

父親が腹を切らねばならぬ事件があり、当然お家断絶となるところを、家禄《かろく》を四分の一に減らされただけで免《まぬが》れることができたとの経緯《いきさつ》がある。家督を継いだ兄はまじめに仕事に励《はげ》んでいたが、弟の圭二郎は激変に耐えられなかったのだろう。そのために心まで捻《ね》じれてしまったらしい。

その圭二郎に転機が訪れた。

花房川《はなぶさがわ》の藤《ふじ》ケ淵《がふち》に三尺（約九〇センチメートル）はあろうという真鯉《まごい》が現れ、だれもがねらったが、そこまで生き延びた鯉には知恵があった。釣り、ヤス、通常の何倍もおおきな筌《うえ》など、考えられるかぎりの方法で迫ったが、一人として捕獲できなかったのである。

巨鯉《おおごい》を最初に見付けたのは自分なので、絶対に捕らえてみせると宣言したのが圭二郎だ。しかし名乗りを挙げたからと言って、十歳の少年の手に負える訳がない。

源太夫が権助に相談したところ、可能性がないとは言えないが極めて困難だとのことであった。だが、源太夫としては下男に任せるしかない。

圭二郎は道場に住みこみ、まだ暗いうちに権助と藤ケ淵に出掛け、毎朝、餌付《えづ》けの餌を投げ入れたのである。そして三月《みつき》後、大雨の中で見事に釣りあげたのだが、鯉の術に嵌まって竿を折られ、逃げられてしまった。

悲嘆《ひたん》にくれる圭二郎を、権助は農具や藁《わら》を保管する農作業用の小屋に連れこんだ。火を焚《た》いて着物や体を乾かし温めながら、じっくりと語り掛け、長い時間かけて立ち直らせたのであった。

のちになって圭二郎は、自分には三人の師匠がいると親しい人に打ち明けた。

藩校「千秋館」の池田盤睛、岩倉道場主源太夫、そしてその下男の権助であった。

その後、圭二郎は兄とともに父を冤罪《えんざい》に陥《おとしい》れた上役を斬って、敵討《かたきう》ちを果たした。でありながら僧籍に入ったとの経緯があったので、源太夫はなんとしても圭二郎改め恵山に、権助の供養をしてもらいたかったのである。

常夜灯の辻に出てから北に向かうのではなく、源太夫は城山の裾《すそ》を廻って寺町に抜ける道を選んだ。

そのまえに源太夫は、早桶屋《はやおけや》に寄って座棺《ざかん》を註文しておいた。出来次第お持ちしますとのことであった。

寺々は堀と高い石垣に囲繞《いにょう》され、枡形《ますがた》も造られていた。敵が攻め入れば、寺町は直《ただ》ちに砦《とりで》に早変わりする。侵入した敵の背後を遮断《しゃだん》して袋の鼠《ねずみ》とし、殲滅《せんめつ》するなど多くの仕掛けが施してあった。

そのため寺の蔵には武器が保管され、食糧が蓄《たくわ》えられていた。それらを寺との連携で管理、補給するのも御蔵番岩倉家の役目の一つであった。

寺町を抜けるとその先に正願寺がある。平地にあるので男坂も女坂もないが、真っ直ぐ山門に向かう道と、ぐるりと迂回《うかい》して横手に廻る道が作られていた。

山門への道は参詣人《さんけいにん》のためのもので、廻り道は死者を運び入れる場合などに使われる。

恵海和尚を訪れるときの常として、源太夫は酒を一升徳利《いっしょうどっくり》に詰めてもらった。庫裡《くり》に廻ると小坊主がいて、すぐに取り次いでくれた。

「哀しい酒ですな」

源太夫の顔を一瞥《いちべつ》するなり恵海はそう言って、小坊主に、部屋にいるので恵山を呼ぶようにと命じた。

「権助が亡くなりまして」

「気の毒なことでございます」

亀吉が使い走りをするようになるまでは、正願寺への連絡は権助がやっていた。また源太夫の供をしたことが何度もあったし、ときには酒を飲む恵海と源太夫の下座《しもざ》で、おこぼれに与《あずか》ることもあった。

もっとも源太夫の父親の代からの下男なので、恵海が知らぬ訳はない。源太夫が恵海を訪ねたのは、あるいは和尚ならとの思いもあったからである。

恵海の居室に入って座を占めると、源太夫は亀吉から聞いた、前夜から今朝にいたる経緯を話した。

「寂しくなりますなあ。とりわけ恵山にとっては、肉親を喪《うしな》ったにも等しいのではあるまいか」

「そうしますと和尚は、藤ヶ淵の鯉に付きましても」

「鎧《よろい》武者《むしゃ》と言っておったかな」

「であれば権助とのことも、あるいは」

「うむ」

鎧武者は少年だった圭二郎が、巨鯉に付けた渾名《あだな》であった。

ヤスを手に藤ヶ淵に潜って魚を追っていた圭二郎は、岩角に手をかけて前進しながら、岩の割れ目に潜む魚影を求めていた。

ある大岩を廻った途端に、そいつと顔を突きあわせたのであった。

途方もなく巨大で、円《まる》く開けた肉厚の吻《ふん》は拳《こぶし》が入りそうなくらいおおきい。真円の目玉で睨《にら》みつけられた圭二郎は、金縛《かなしば》りにあったように動けなかったのである。

鯉が尾鰭《おびれ》をひと振りして泳ぎ去ろうとしたので、われに返ってヤスを突き出すと撥ね返され、鯉は瞬時に姿を消した。

圭二郎は突いたときに剝《は》がれた鱗《うろこ》を受けとめたが、楕円形《だえんけい》をして長径は一寸

（約三センチメートル）もあった。おおきくて分厚く硬い鱗で全身を覆《おお》われた真鯉は、圭二郎にとっては鎧甲冑《かっちゅう》を纏《まと》った武者としか思えなかったのだろう。

そんなことがあったので、藤ヶ淵の化け物のような鯉が話題になったとき、最初に見付けた自分がなんとしても捕らえるとの宣言になった。そして権助の援《たす》けを借りて釣りあげながら、竿を折られて逃がしてしまったのである。

「恵山を立ち直らせたのが権助でな」

足音がしたので源太夫の話は立ち消えた。

「失礼します」

声を掛けて襖《ふすま》を開けると、恵山が入って来た。その顔が硬いのは、源太夫の話の一部が耳に入ったか、でなければ、なにかよからぬことを直感したからにちがいない。

「辛い報《しら》せだ。権助が亡くなった」

「そうでしたか」と、恵山はおおきく肩を落とした。「いつかはと、覚悟はしておりましたが」

「和尚にお聞きしたいのだが、権助の生国、身寄り、年齢などに関して、ご存じではなかろうか。父が早く死んだこともあってそれがしは聞いておらぬし、本人も語ろうとはせなんだ。改めて考えてみると、呆《あき》れるほどになにも知らぬでな」

恵海はしばし考えたが、やがて首を横に振った。

「坊主の倣《なら》いとして人の話は聞くが、相手に関して問うことはあまりせぬでな。権助、権助、……うーむ。拙僧《せっそう》も名前だけしか知らぬのだ」

「あるじのみどもが齢《とし》を知らぬありさまでは、むりもござらん」そこで源太夫は、同心相田に話したことを思い出した。「十年か十五年ほどまえに訊いた折、古稀にはまだ間がありますが、還暦はすぎておりますと笑っておったのですよ。それからすれば、七十五から八十のあいだ、せいぜい八十五までと思われるのだが」

「しかし大事なのは、霊を安らかにあの世とやらに送り届けることですからな」

「つきましては、ご住持に折り入ってお願いが」

「わかり申した」

即答だったので、源太夫は恵海が勘ちがいしたかと思ったほどだ。だがそうではなかった。

「岩倉家の菩提寺は飛邑寺でしたな。代々墓は論外として、飛邑寺への埋葬はまずできますまい。となると当寺しかないでしょう」

「引き受けていただけるか。かたじけない」

「これも縁《えにし》でござろう。それに恵山がおりますでな。供養にこれほどふさわしい者はおりますまい」

「ありがたい」

「ありがとうございます」

二人が同時に礼を述べた。源太夫が相田の認《したた》めた書面を渡すと、一礼して恵海は懐に納めた。

「礼は仏、権助にな。恵山は仏によって立ち直ることができた。出家することになった遠因は、仏にあったと言えぬこともない。となれば、供養させていただくのは当然のことでござろう」

「今宵《こよい》、家族らで通夜《つや》をし、思い出などを語りあって、あの世に送ってやろうと思うております。本人の身内がおりませんので、葬儀とは名ばかり、明朝《みようちよう》、経《きよう》を読んでもろうて、こちらに運ぼうと考えておるのだが」

「師匠」と、恵山が恵海に言った。「一式はわたしにやらせていただけませんか」

「ああ、初めからそのつもりだ。というか、恵山のほかにだれがおる」

「ありがとうございます」

「であれば、四ツ（十時）ごろに読経《どきょう》、当寺には九ツ（正午）ごろに着く、という見当になりますな」

「わかり申した。では、そのように進めましょう」

「座棺の手配はされたか」

「こちらに来るまえに。しかし、いつ家に届けられるかの確認まではまでは」

「座敷に寝かせて通夜をしたいのが人情だろうが、座棺が届けば直ちに納棺《のうかん》されるがよろしかろう」

亀吉の話だけでは不確かであるが、寝入ってほどなく永眠したとすれば半日が経過している。息を引き取ったのが朝方であれば二、三刻（約四〜六時間）がすぎていた。

季節、つまり気温差にもよるが、死後半刻（約一時間）から二刻（約四時間）で、内臓と顎《あご》の関節や首の硬直が始まる。続いて股関節《こかんせつ》、手足の指へと及び、半日から一日ほどで全身が硬直するとのことだ。

激しい運動をした直後は早く、老人の場合は進行が緩《ゆる》やからしい。

硬直してしまってからでは、膝《ひざ》や腰を折り曲げて棺《ひつぎ》に納めるには大変な労力を要する。また関節の軋《きし》みなどもあって、決して心地《ここち》よいものではない。だから早めに納棺したほうがいいだろうとの、恵海の助言であった。

「大丈夫とは思うが、すでに硬くなっておれば、湯灌《ゆかん》の折に湯の温度をあげ、念入りに揉《も》み解《ほぐ》しておけば曲げやすくなるでな」

「いや、おおきに助かり申した」

「それから」

とさすがに言いにくかったのだろう、恵海はいくらか声を落として、穴には綿を詰めておくようにと言った。

「魂の抜けた体に、魔の入らぬようにとの呪《まじな》いということだが」

要は体液が漏れるのを防ぎ、腐敗が始まるのを遅らせる効用があるということらしい。穴とは鼻、口、肛門《こうもん》とのことだ。

「ということであれば、わざわざ般若湯《はんにゃとう》をお持ちいただいたのだ、三名にて供養いたすとしましょうかな」

「まだなさねばならぬ用がありますので」

「さようか。残念ではあるが、致し方ござらぬ。では明朝四ツに恵山を向かわせます」

「よろしくお願い致す。ご免《めん》」

正願寺を出た源太夫は、途中で早桶屋に寄って、なるべく早く届けるようにと念を押した。

「わかっとるでわ。硬《かと》うなってからでは、納めるのが事やけんな。急ぎまひょ」

早桶屋の親父は、そのような註文が多いからだろう、面倒くさそうに言った。そして付け足したのである。

「軍鶏道場やったな。道場がええで、ほれとも母屋、どっちに運びまひょうかいな」

道場の下男部屋は三畳間だし、通夜は母屋でおこなうことになる。

「母屋に頼もう」

こちらは武家なんだぞ、との思いを口調に籠めたが、親父は聞き流したようである。いささか癪《しやく》に障《さわ》らぬでもなかったが、くだらぬことに拘《こだわ》っても意味がない。

堀江丁《ほりえちよう》にもどると正午に近かったが、道場では竹刀《しない》を打ちあう音や気合声がしていた。

源太夫が道場に顔を出すと、幸司は黙していただろうが、弟子たちは権助の死を知っていたようだ。だれもが稽古《けいこ》を中断して、静かに源太夫に顔を向けた。

「気付いた者もいようが、昨夜、権助が亡くなった。亀吉によれば、眠りに就いてそのまま永眠したとのことである。そのため今日明日は、わしは道場には出ぬので、おのおの自分なりに考えて稽古を進めてもらいたい」

「葬儀はどのように」

そう訊いたのは、時間ができたときにのみ顔を出す、三十代半《なか》ばの古顔であった。

「明日の四ツより執《と》りおこなうが、葬儀というほどのものではなく、形ばかりとなる。正午には正願寺に運ぶが、身内だけで野辺《のべ》の送りを致すので気にすることはない。わしは明後日《あさって》より、通常どおり道場に出る。なにか訊きたいことはあるか」

弟子たちは顔を見あわせたが、何分《なにぶん》突然のことでもあるので、戸惑《とまど》ったのか考えを述べることなどできはしない。

なにかあれば幸司に伝えるようにと言い残して、源太夫は母屋に向かった。

「経帷子《きょうかたびら》は用意しましたが」

みつが控え目に訊いたが、通夜や葬儀のことが知りたいのである。

源太夫は今宵身内で通夜をし、明日の四ツより恵山に読経してもらうと言った。そして昼ごろ正願寺に運ぶ予定だと伝えた。

三

食事中は話すものではないと日頃から注意しているが、そうでなくても、その話は食べながらできるものではない。黙々と食べ、食べ終えてから茶を喫《きっ》した。

みつに綿と湯の用意を命じると、すでに綿の準備をし、湯も沸かしているとのことであった。小盥《こだらい》と手桶《ておけ》、手拭《てぬぐい》の用意も調っていた。

「旦那さま、鶏合《とりあ》わせと味見はどうしまひょうで」

闘鶏と若鶏の稽古試合について、亀吉が聞きに来た。

「今日明日は休む。それに」と言ってから、源太夫は幸司を呼んだ。「二人には、少々厄介なことを手伝ってもらわねばならん」

幸司と亀吉はうなずいたが、なにをするかに思い当たったらしい。

「母屋っちゅうと、こっちでええんかいな」

そこへ早桶屋の親父と息子が、座棺を担《かつ》いで庭に現れた。遺骸《いがい》を入れればそのまま運べるように、太い担《にな》い縄《なわ》に天秤棒《てんびんぼう》を通してある。

「ああ、すまぬ。手間を掛けるが、道場の下男部屋のほうに頼む。亀吉、案内しろ」

「へい」と答えて、亀吉は親子に言った。「すんまへんが、こっちに頼んます」

源太夫と幸司が手桶に湯を満たしていると、みつが小声で訊いた。

「表座敷に床を延《の》べておきましょうか」

「いや、恵海和尚に、座棺に納めたままで通夜をするほうがいい、と言われたのでな」

「では、お茶の準備をしておきます」

源太夫と幸司が湯をたっぷりと入れた手桶を提《さ》げ、小盥や手拭を手に下男部屋に着くと、すでに座棺は三畳間に据えられていた。ともかく狭いので、三人だと窮屈《きゅうくつ》である。手桶や小盥は、屋外で扱うことになった。

「棺桶に納めるまえに湯灌する。権助の体を拭き浄《ふきよ》めるのだ」

亀吉は自分一人でやると言ったが、源太夫は幸司と三人で進めることにした。

一度外に出て、小盥に手桶の湯を移すと手拭を浸《ひた》してよく絞った。そして三畳間にもどると丁寧《ていねい》に拭き浄めたが、風呂に入ることが少なくなっていた老爺《ろうや》の体は、汚れが層を成《な》していた。そのため三人は何度も小盥の湯を捨て、手桶の湯を入れては濯《すす》いだのである。

「あの、旦那さま。綿を詰めるんは、わいにやらせてくだはれ」

亀吉に言われて、源太夫は思わず下男の顔を見た。

「やったことはあるのか」

「お父《とう》のときに、人がするんを見ておったけん、どうやるかは知っとります」

ためらいを見せた源太夫に、亀吉はきっぱりと言った。

「魂《たましい》の抜けた体に魔物が入らんよう、絶対にせなあかんのじゃ、と言われたけん。わいは師匠の体に」

声が湿っている。なぜに拒《こば》むことができよう。源太夫はおおきくうなずいた。

「よし。その役目は任せた」

隅から隅まで権助の体を拭き浄めると、源太夫は亀吉に綿の塊を渡し、幸司を促《うなが》して外に出た。

「どういうことですか」

解《げ》せないらしく幸司がそう訊いた。

「亀吉が仕上げをするのだ。ここは黙って任せようではないか」

春の終わりは、南国園瀬ではすでに初夏と言っていい気候で、吹き抜ける薫風《くんぷう》が肌に心地よい。

権助はいい季節に旅立てるのだ。人として真っ当な生涯を送った者には、このような褒美《ほうび》が用意されているのだな、と思わずにはいられない。それにしても、なんとささやかな褒美であることよ。

「終わりましたけん」

亀吉の声で三畳間にもどると、三人は権助に経帷子を着せた。恵海和尚は死後の時間を考えると、硬直が進んで棺桶に収めるのに苦労するかもしれぬとほのめかしたが、それほどのことはなかった。

たしかに硬くはなっていたものの、温《ぬく》めの湯に浸した手拭で念入りに揉み解したため、折り曲げるほど力を入れねばならぬことはない。死後の時間からして、相当に手間取るだろうと覚悟していたが杞憂《きゆう》に終わったのである。

眠りこけた人のほうが手間を掛けるだろうと思うほど、あっけなく経帷子を着せられたのであった。死に際してさえ主家に迷惑を掛けぬところが、いかにも権助らしい。

武家には、いつなんどき必要になるかわからないので、常に経帷子を用意してある。だが権助の分までは考えていなかったので、岩倉家に常備したものを使うことにした。

老いて体が縮んだこともあるのだろうが、大人の着物を子供に着せたようになってしまった。だが円筒の座棺に、立てた膝を両腕で抱くようにして坐《すわ》らせると、そこまではわからない。

亀吉と幸司が先棒を、源太夫が後棒を担いで母屋に運びこんだ。みつが茣蓙《ござ》を敷いておいたので、その上に座棺を据えた。天秤棒と縄は外したが、蓋《ふた》はそのままにしておく。

それが八ツ半（三時）ごろであった。

下男部屋に引き返した亀吉が、盆に載せた線香立てと線香を手にもどり、座棺のまえに置いた。

蓋を外すと、源太夫、幸司、みつ、花《はな》、そして亀吉が、権助の遺骸に手をあわせた。棺に蓋をすると、茶を飲みながら権助を偲《しの》んだのである。

「龍彦《たつひこ》にも報せてやらねばなりませんが、さぞや悲しむことでしょうね」

「勉学に障ることを考えればそっとしておいてやりたいが、あとになって知れば余計辛いであろう」

「わたしが途方に暮れているとき、権助と亀吉が龍彦を立ち直らせてくれましたから」

みつがしみじみと言うと、亀吉は顔のまえで手をおおきく横に振った。

「いえ、わいはなんも。権助はんが」

「龍彦を立ち直らせてくれたのは、権助と亀吉だ。あれがなければどうなったかしれん。選ばれて長崎に遊学するなど、有り得なかっただろう」

源太夫は上意により立川彦蔵《たちかわひこぞう》を打ち倒したが、そのため孤児となった市蔵《いちぞう》を引き取って養子にしたのだった。ところが弟子のだれかが、父親の源太夫はおまえの実の父を殺した敵《かたき》なのだぞと教えたのである。

思い悩んだ市蔵は姿を晦《くら》ませたが、頼ったのが亀吉であった。

岩倉家に居候《いそうろう》のように住み付いた浪人が、毎日のように市蔵を連れて釣りに出掛けたことがある。そのうちに百姓の寡婦《かふ》と親しくなったようだが、その次男坊が亀吉であった。二人はいつしか親しくなっていたが、市蔵には心の悩みを打ち明けられる相手が、亀吉以外にいなかったということだ。

ほかに考えられないと思い定めて、権助が出掛けた先がその百姓家である。寡婦に教えられて、二人が淵に行ったことを知った権助はあとを追った。

そして二人の話を聞いてしまい、あまりにも市蔵が不憫《ふびん》だと、堪《たま》らず泣いてしまった。驚いた二人に見付かり、そのあとで長い時間を掛けて市蔵と話し、お蔭《かげ》で少年は立ち直ることができたのであった。

「縁とは本当にふしぎなものですね」と、みつがしみじみと言った。「それがあったために亀吉は権助の弟子になって、軍鶏の世話をすることになったのですから」

「母上の大好きな縁のお話ですね」と言ったのは、娘の花である。「母上と父上も、すばらしい縁で結ばれたのでしょう」

「大人をからかうものではありませんよ」

みつに睨まれて花はぺろりと舌を出した。そのとき人の気配がしたと思うと、同時に声がしたのだった。

「庭先から失礼いたします」

振り返ると若い侍《さむらい》が立っていた。気候がいいために障子を開け放ってあったので、表座敷の源太夫たちに気付いたのだろう。

「広之進《ひろのしん》ではないか、いかがいたした」

弟子の笈田《おいた》広之進であった。

「権助が亡くなったと聞きましたので、線香をあげさせていただこうと」

「よく来てくれた。さあ、あがってくれ」

雪駄《せった》だったので、埃《ほこり》を払うだけで洗足盥《すすぎだらい》は不要であった。仕事が早く片付いたので下城し、西の丸を出て程なく稽古帰りの弟子に出会って、権助が死んだことを教えられたとのことだ。

亀吉が座棺の蓋を取って、権助の顔を見えるようにした。死者との対面をすませると広之進は棺のまえに正座し、火を移した線香を立てて長々と合掌したのである。

「長く苦しんだ訳ではないのでしょう」

毎日ではないが道場に通っているので、権助が病臥《びょうが》するとか怪我で苦しんでいないことは知っている。

「眠るまえまで、孵って間もない雛について亀吉にあれこれ語って聞かせたそうだ。眠っているあいだに亡くなったので、苦しまずにすんだと思う」

「そうでなくては。権助のような好《よ》い人が、苦しむようなことがあってはなりませんよ」

権助は広之進に軍鶏を好きになってもらいたいと、その種類にしては珍しく気性の穏やかな一羽を与えた。

源太夫は園瀬の里の軍鶏好きのために、十日か半月に一度、鶏合わせの集まりを催《もよお》していた。

その闘鶏に、広之進は権助にもらった軍鶏を出場させたのである。権助がまさかと思ったときには、対戦相手が決まっていた。

結果は完敗で、「琥珀《こはく》」と名付けられた蓑毛《みのげ》が美しいだけが取り柄《とえ》の軍鶏が、勝てる訳がない。それも二枚の筵《むしろ》を縦に繋《つな》いで円にした土俵から、筵を斜めに駆け登って逃げるという、みっともない負け方であった。

お蔭で広之進は赤っ恥を掻《か》いたのである。

責任を感じて苦悶《くもん》する権助を見て、源太夫は秘策を授《さず》けた。大敗した「琥珀」と瓜二《うりふた》つだが滅法《めっぽう》強い軍鶏を、次の試合におなじ名で出場させたのである。その完勝で、広之進は汚名を返上することができた。

「庭先からお邪魔を、……先客が。なんだ、広之進ではないか」

「おお、おまえこそ、どしたい」

訊かれた若侍は、道場からもどった弟に権助の死を知らされたと答えた。亀吉が蓋を外して顔を見せ、広之進とおなじように若侍は権助を弔《とむら》ったのである。

みつが広之進と、あとから来た若侍に茶を出した。

若侍は問わず語りで、自信を喪って道場を辞めるしかないと思っていたときに、権助のひと言で自分を取りもどすことができたと言った。

ところが広之進たちだけではなかった。以後も次々と源太夫の弟子たちが、線香をあげさせてもらいたいとやって来たのだ。

そのだれもが口々に語った。

「権助の微笑《ほほえ》みが、鼻持ちならぬ天狗《てんぐ》になっている自分に、気付かせてくれました」

「早くから力を発揮する軍鶏もいれば、じわじわと力を付けていく軍鶏もいます。軍鶏だって人だってそれぞれちがうのですよ、との権助のひと言で、自分を取りもどすことができたのです」

「悩む必要のないことで悩んでいたことに、権助に気付かされましてね」

などなど、際限がない。

あのおだやかな老爺がいかに多くの若者に勇気を与え、励まし、驕《おご》りの無意味さを感じさせ、愚《おろ》かさに気付かせたかを知って、源太夫は驚くしかなかったのである。

気楽に生きている軍鶏好き酒好きの老人が、若者の人生の重要なそのときどきに、それとなく方向を示していたことを知ったのであった。権助の言葉は若い弟子たちの心に届いたのだ。声高《こわだか》にもっともらしいことを言うのではない。その人が必要としているときに、そのひと言を言うということだろう。自分では気付いていなかっただろうが、権助の言葉には心に響く真《まこと》があったのである。

——棺を蓋《おお》いて事定まる、というがまさに言い得て妙《みょう》であるな。

そのときいくつもの足音が、柴折戸から庭に入って来た。

「稽古を終えましたので、今日はこれで失礼します」

「先生、ありがとうございました」

「明日、またお願いします」

「皆さま、失礼を」

十代後半から二十代前半の弟子たちであった。胴や面などの防具、束ねた稽古着に竹刀を通している。

「ああ、ご苦労」

源太夫がそういうと、みつが弟子たちに声を掛けた。

「あなたたち、権助に線香をあげて、最後のお別れをしてあげてくださいな」

言われて顔を見あわせていたが、そのうちの一人が言った。

「でも、いいんですか」

「なにを言っていますか。今、お別れをしないと。これが最後なんですから」

ふたたび顔を見あわせたが、決まったらしく沓脱石《くつぬぎいし》から座敷にあがった。体は拭いたはずだが、健康な汗のにおいがした。

広之進に続いてべつの弟子が来たので、亀吉は座棺の蓋を外したままにしてあった。弟子たちは神妙な顔になっていたが、そのうちにくゆる線香の煙をまえに、権助の遺骸に両手をあわせた。

順に拝んでいるあいだに、みつが盆に載せた菓子と湯呑茶碗《ゆのみぢゃわん》を持って来て、それぞれのまえに置いた。拝み終わったころ、源太夫は権助が前夜、亀吉に孵ったばかりの雛について語り終え、眠りに就いてそのまま亡くなったことを教えた。菓子を食べ、茶を飲みながら、弟子たちはひとしきり権助の思い出を語った。

弟子たちが帰りかけたとき、亀吉がなにかを見付けたらしい。目を見開き、続いて座敷から走り出ると、沓脱石の草履《ぞうり》を突っ掛けるようにして走り出した。

そしてあッという間もなく、柴折戸の向こうへ消えたのである。

一体なにがあったのかわからないので、表座敷にいた人たちは顔を見あわせた。

亀吉は程なくもどったが、一人ではなかった。右手が女の腕を摑《つか》んでいたのである。女の反対の手には、それほどおおきくない風呂敷《ふろしき》包みが、しっかりと握《にぎ》られていた。

「サト！　サトじゃないの」

「サトさんだ！」

みつと花がほとんど同時に声をあげていた。

花を出産したみつが、日常の雑用に支障を来《きた》すようになったので、ちょうど世話する人がいて雇った下女である。十二歳だったが、花に手が掛からなくなったのと嫁入りの話があったので、五年後に十七歳で嫁《とつ》いだのであった。

二十歳《はたち》か二十一歳になっているはずだ。

「だれかに権助の亡くなったことを教えられて、線香をあげに来てくれたのだね」

問いながらみつは、それがあり得ないことに気付いた。離れた集落に嫁いだサトが、だれから権助の死について聞けるというのだろう。死んでから半日ほどしか、経《た》ってはいないのである。

みつの問いに答えられず、サトは目を見開いて口をわななかせている。

「亀吉」と、みつが言った。「サトを連れてお勝手に廻っておくれでないか」

「へい」

亀吉が手を引いてうながすと、サトはすなおに従った。

源太夫や弟子たちに軽く頭をさげると、みつは足早に座敷を出た。

四

みつが櫃《ひつ》のご飯を飯碗《めしわん》によそったところに、サトを連れた亀吉がやってきた。

「ご苦労さん。亀吉は座敷にもどって、皆さんの用をしておくれ」

「へい」

その足音が消えるのを待って、みつはサトにやさしく言った。

「残り物の冷やご飯しかないから、お茶漬けで我慢しなさいね。あとは香の物と煮付けの残り物だけなの。お付けはないけど、お腹を満たすのが先だから」

「お、奥さま」

「安心おし。できるかぎりのことはしてあげますからね」

なおも言おうとするサトを目顔で制し、みつは板間から三畳の下女部屋に入った。

みつがもどったとき、サトはまだ食べ終わっていなかった。食べようにも食べられなかったのは、溢《あふ》れ出た涙が物語っていた。

「気兼《きが》ねすることはないから、ゆっくりとお食べ。サトの部屋はそのままだからね。少し黴臭《かびくさ》いかもしれないけれど、蒲団を敷いておきました。食べ終わったら、ゆっくりと体を休めなさい。今のサトがしなければならないのは、体と心を休めることですよ」

「権助爺《じい》さんが亡《の》うなったのに、うちはほんなことを知りもせんと」

「気にすることはありませんよ。知らなくて当然だもの。それに安心おし。権助は苦しむことなく、大往生しましたからね」

ひと口ふた口とご飯を運んだが、なんとかそれを嚙《か》んで、咽喉《のど》に通したようだ。

「うち、権助爺さんに盆踊りに連れて行ってもろたことがあったん」

サトは茶碗と箸《はし》を下に置いたが、その目に微《かす》かにだが生気、輝きがもどったのにみつは気付いた。

「亀吉つぁんが権助爺さんの右手に、うちが左手にしがみ付いて。あの日、奥さまがみんなに新しい浴衣《ゆかた》を用意してくらはりました。市蔵若さまと幸司若さまは、おおきな目玉、長い胴、そして四枚の羽根の蜻蛉《とんぼ》が、たくさん散りばめられておって、藍染《あいぞ》めやった。亀吉つぁんとうちのは松葉模様のそろいやったけんど、亀吉つぁんは藍で、うちのは紅《べに》やった。権助爺さんも藍やった」

みつが忘れ去ったそのようなことを、細々と憶《おぼ》えていること自体が、嫁いだサトの日々がいかに味気なく、また辛いものであったかを語っている。それがわかるだけに、みつはいい加減にはできないと思った。

だが、問い詰めるようなことはすまい。サトが自分から語るのを待とう、と心に決めたのである。

「焼香に次々とお客さまがお見えだから、わたしはお相手するため座敷にもどりますからね。サトはゆっくりとお食べ。洗い物はいいからこのままにして、自分の部屋でしばらく眠りなさい。眠れなくても横になってるのよ。そうすれば楽になりますからね」

言い残して表座敷にもどると、客はかなり入れ替わっていた。

ちょうど岩倉本家から修一郎と佐一郎が来たところで、源太夫と幸司を交《まじ》えて語りあっていた。

源太夫が分家を構えて道場を開くまで、修一郎は父親や権助とおなじ屋根の下で暮らしている。となれば通夜には出なければまずいだろう、と思ったのかもしれない。息子の佐一郎は源太夫の弟子で、三歳下の幸司とは好敵手の間柄である。

弔問客《ちょうもん》は絶えなかった。

道場から戻った弟から権助の死を聞いたと言う兄、息子から聞いて驚いたと駆け付けた父親、だれかが教えてくれた、などなど。権助の死が口から口へと伝えられているとなると、夜に掛けても焼香の客足は絶えないだろう。七ツ（四時）の下城時刻を過ぎたので、さらに増えるはずだ。

みつは源太夫に、すぐにもどりますと断ると、幸司を連れて屋敷を出た。客に茶を出すくらいなら、亀吉と花にもできると思ったからである。

まず菓子や饅頭《まんじゆう》を多めに註文し、四半刻か半刻で届けるように言った。続いて八百屋《やおや》に寄り、大根、里芋《さといも》、蓮《はす》などを求め、これは幸司に持たせた。またハンペンや蒟蒻《こんにやく》なども買ったのである。酒屋に寄ると、一升徳利に詰めて五本を、なるべく早く届けるように命じた。

屋敷にもどると幸司に客の相手をさせ、代わりに花を呼びもどした。酒と大皿に盛った煮物を左党に、飲めない客には茶と菓子か饅頭を出すことにしたのだ。腹を空かせるだろうからと握り飯を供することにして、ご飯を大釜で炊いた。

根菜を洗ったり、切ったり、器を並べたりと、多少はおおきな音もしたが、サトが起きて来ることはなかった。みつの予想どおり、心身ともに疲れ切っていたのだろう。

場合によってはサトを下女として雇い直してもいい、とみつは考えた。花の手が離れたので一人でこなせないこともないが、弟子の数が増えたのを理由にすれば、サトも気兼ねなく働けると思ったのだ。

みつが考えていたとおり、下城時刻がすぎたので次第に客が来始めた。真っ直ぐ来る者もいれば、一度帰宅してからの者もいるようである。

茶がなくなったからと幸司が言って来た。湯は常に沸かしてあるので、準備は幸司にやらせることにした。

花に教えながら煮物を作っていると、菓子と饅頭が届き、程なく酒屋が徳利を運びこんだ。それだけではない。徳利を提げた幸司が顔を見せて、こう言ったのである。

「藩校の盤睛先生と御中老の讃岐《さぬき》さまが、権助の通夜なら人が集まるだろうと、それぞれ一升徳利を持参されましたので、これも燗《かん》していただけますか」

みつは棚に置いた控え帳を、目顔で示して言った。

「お酒だけでなく、線香代とか香典《こうでん》をお持ちの方もおられると思います。忘れずにそこへ書いておくように」

うなずくと幸司は手控えに書きこんで、座敷にもどった。

「目玉の小父《おじ》さまがお見えなのね」

盤睛が来ていると知って、花は顔を輝かせた。なにかと教えてくれるし、おもしろい話をしてくれるので、花はこの学者が来るのを楽しみにしていたのである。

「挨拶はあとになさい」

ピシリとみつは先手を打った。

先に菓子と饅頭をと思ったが、酒を飲む者にも菓子好きはいる。みつはすべてを同時に運ぶことにした。

準備ができたので花に幸司を呼びにやらせ、徳利と盃《さかずき》、煮物の大皿、急須《きゅうす》に湯呑茶碗、それらを三人で運んだ。

いつの間にか、座棺を据えた八畳間だけでなく、六畳間にも客たちが集まっていた。そのため仕切りの襖はすべて外してあった。

みつが奇妙な気がしたのは、通夜だというのに客たちの顔が明るくて、楽しそうなのである。亡くなった権助が長患《ながわずら》いした訳ではなく、怪我や後遺症で苦しんだこともない。はっきりした年齢こそわからないものの、天寿を全《まっと》うした大往生だったからだろう。

しかもその多くが、いや、だれもが権助の意外な一面に接して、驚いた経験を持っていた。

「それにしてもふしぎなことを、驚かされるようなことを知っておったなあ、権助は」

「そのことですよ。ここぞというときに、出て来ましたからねえ。それも極めてさり気《げ》なくです」

「わたしが驚かされたのは」と言ったのは、藩校の盤睛池田秀介であった。

「餌箱を深くしてありますが、軍鶏は喰い散らしますな。だから餌箱の外に飛び散る。それを矮鶏《ちゃぼ》に拾い喰いさせているのですが、近隣の雀《すずめ》が群を成してこぼれ餌を喰いに来る。で、権助は枡落としで捕らえるのですが、枡を使えば通常は一羽しか捕れませんな」

「なにか工夫を」

「そうなんです。わたしは権助が一度に三、四羽を捕らえるのを見ました」

そう言って盤睛は目撃談を披露《ひろう》した。

支えの木の小枝に結んだ細紐を引いて閉じこめる原理はおなじだが、権助が用いたのは笊《ざる》であった。ただし竹を裂いて組んだ笊は軽いので、落ちて雀を閉じこめるまえに逃げられてしまう可能性がある。

だから権助は笊に平べったい石を重しとして載せたのであった。しかしそうると安定が悪いので、支えの小枝になんらかの細工《さいく》を施していたらしい。だが学者先生には、そこまでは見抜けなかったようだ。

「仕事に疲れて、居眠りしているにちがいないと思ったのですよ。ところが権助は千載一遇《せんざいいちぐう》の機会を待っておったのですな。四半刻はとっくにすぎていましたが、権助が蹴殺《けころ》しの剣豪さえも及ばぬ電光石火《でんこうせっか》の早業《はやわざ》で、紐を引いたと思いなされ」

だれもが噴き出したが、そうしつつ源太夫を見たので笑いは爆発した。こうなれば本人もいっしょになって笑うしかない。

「とすれば、成功」

「大成功です」

「そう言えばこんなことがありましたよ」と、客の一人が引き継いだ。「路傍《ろぼう》にさまざまな花、タンポポ、ハコベ、スミレなどが咲き乱れて、ほかにも名もなき雑草がと言いましたら、あの温厚な権助が見たこともない厳しい顔をして、こう言ったのです」

　そう言って男は黙ってしまった。

「で、なんと」

　男はその言葉を待っていたのだから、なんとも姑息《こそく》である。しかし言った言葉は権助ならではだと、だれもが唸《うな》った。

「権助はこう言ったのですな。どんな花にも名はあります。名もなき雑草など、断じてありません。あなたが知らないだけなのです」

「そこまで言いましたか、あの男が」

「いや、権助なら言ったでしょう」

「そう、言わずにいられなんだでしょうな」

「で、貴公はなんと」

「普通なら、分《ぶん》をわきまえろ、無礼者めが、と言うところだが、なにも言えなんだ」

「そうなのだ。権助と話しておると、まるで鏡のように自分の姿が映って見える気がしたものだ」

「知恵者《ちえしゃ》だなあ」

「ああ、知恵者だ。それも稀に見る」

「となると、一番得をしたというか、知恵を授けられたのは、いつもいっしょにいた、あの男ではないかな」

「あの男と言うと」

「ほかにだれがおる」

その言葉で、八畳間、六畳間に集《つど》った全員が源太夫を見た。

またしても笑うしかないが、源太夫自身、そのことをだれよりも強く感じていたのも事実である。

「道場を開いたころのことだから睦月《むつき》か如月《きさらぎ》だったが、沈鐘《ちんしよう》ケ淵《がふち》に夜釣りに出掛けた」

源太夫は不意に思い出したのであった。武家方で沈鐘ケ淵、町人や百姓が鐘《かね》ケ《が》淵《ふち》と呼ぶ淵は、園瀬盆地のほぼ真南にある。

「夜釣りとなると、酒を権助に持たせたであろう」

「なぜにわかる」

「あの男、釣りが大好きだが、それ以上に好きなのが酒だ」

「ご推察どおり。大振りな瓢簞《ひょうたん》に一升詰めて出陣したのだが、なんと二尺（約六〇センチメートル）はあろうかという大鯰《おおなまず》を釣りあげたのだ。あのときわしは、権助のやつ川漁師をやっておったのではないかと思うた」

源太夫は鰻《うなぎ》をねらおうと言ったが、鰻が溯上《そじょう》するのは菜の花が散ってからなので、鯰にしましょうと権助は言った。鯰は卵を産むころには田や沼に集まるが、今は淵にいるとのことである。

沈鐘ヶ淵は急流が岩に激突して掘り起こした淵で、主従はその対岸の砂地にいた。源太夫が深みに向けて竿を振ろうとすると、権助が制して、ずっと浅いほうを指差した。

「そっちは膝ほどしかないぞ」

「鯰は昼のあいだは岩場に潜んでいますが、夜は浅場に出て餌を漁《あさ》るものなのです」

まさかとは思ったが、源太夫は下男の言葉に従った。

「一気に竿を持っていかれそうになってあわてて握り直し、権助に手伝わせてどれほど奮闘しただろうか。ともかく、なんとか釣りあげることができたのだ。大人の膝ほどの浅い砂場で、二尺の大鯰だからな、権助に教えられなければ、とても釣れたものではなかった。一升の酒は、ほとんどを権助が一人で飲んだはずだ」

「魚だけではない。獣《けもの》のこともよく知っておった」

「とりわけ狸《たぬき》とは親しかったのではないのか。豆狸《まめだ》が徳利持って酒買いに、と言うであろう。権助が徳利持って酒買いに、とも言う。ん？　言わぬか。もっとも権助は、豆狸とはほど遠いが」

「ああ、まめなところはあるが、なかなかの古狸でもあるからな」

「虫のことも詳しかった。アシナガバチが低い位置に巣を掛けると、秋に大嵐が来ると言うと本当にそうなった」

「城の濠《ほり》に雁《がん》や鵞鳥《がちょう》を放し飼いにするのは、忍《しの》び除《よ》けのためだとあの男に聞いたことがある」

「馬鹿なことを言うなよ。雁は渡り鳥だろうが。秋にやって来て、春になれば北へと帰って行くぞ。一年中いなければ、忍び除けの用をなさんではないか」

「ああ。わしもそう言った。ところが権助はこうだ。雁、それを飼い慣らした、家鴨《あひる》や鵞鳥などは、人であろうと獣であろうと、怪しい者を見るとガアガアと啼《な》いて大騒ぎする。だから、濠を立ち泳ぎで石垣に近付こうとする忍びの者は、騒がれて目的を達することができぬ」

「家鴨や鵞鳥はともかく、雁は渡り鳥で」

「鳥には翼に風切りと呼ぶ羽根が何本かあるそうだが、それを途中で切ってしまうと、飛ぶに飛べないそうだ」

「真か。しかし、なぜそんなことを知っておるのだ」

「ああ。権助はもしかすると忍者、忍びの者ではないかと疑ったのだが、考えてみれば忍者がそのような秘密を洩《も》らす訳がないからな」

「とすれば、いつ、どこで、いかなる方法で知ったのであろうか」

そう言えばこんなことを思い出したぞ、こういうことを聞いて嘘だと思って調べたら真であった、などなど、よくこれほどと呆れるくらい次々と、権助を巡る思い出が語られたのである。

遅くなっても来る者が絶えず、客が多いので焼香だけして帰る客もいれば、気を利《き》かせて席を譲《ゆず》り引き揚げる者もいた。

みつは幸司と花に手伝わせて、ひっきりなしに酒を燗して出し、煮付けの大皿を取り換え、握り飯の皿も出したのであった。

通夜とは言っても夜を徹する訳ではない。多くの者は次の日の仕事もあるので、常夜灯の辻の鐘が四ツを告げると引き揚げた。

幸司と花、そして亀吉が器を流し場に運んでいるあいだに、みつは子供と自分たちの寝間に、それぞれ床を延べた。

「亀吉は寂しいだろうけど、今夜からは一人で寝なさいね。でも、起きられるかしら」

みつが心配そうに言うと、源太夫が欠伸《あくび》混じりに言った。

「なに大丈夫だ。これまでは権助が起こしてくれると頼りにしていたが、軍鶏たちが腹を空かせていると思うと寝てはいられまい」

「大丈夫ですけん。ほな、お休みなして」

「ああ、お休み」

亀吉が下男部屋に向かうと、みつは幸司と花にも休むように言った。

「わしは長いあいだ、とんでもない男を下男にしていたことになるのだな」

源太夫がしみじみと言った。

子供たちと源太夫が寝部屋に向かったので、みつは洗い物をしようと思ったが、サトを起こしては可哀想《かわいそう》だと、水を張った桶などに器を収めるだけにした。

横になったみつは、「サトのことなのですがね」と声を掛けたが、夫は疲れと酒のためだろう、すでに寝息を立てていた。

五

疲れのために、みつは珍しく寝すごしてしまった。横を見ると夫の姿はない。あわてて着替え、素早く身だしなみを整えた。

勝手の土間におりると、母屋の裏手、軍鶏の小屋辺りで源太夫と亀吉の声が聞こえた。生き物相手では、人の都合は二の次にしなければならないのである。

驚いたのは起きたら一番にと思っていた洗い物が、きれいに片付けられていたことである。サトが洗ったらしいが、姿が見えないので、みつは下女部屋のまえで声を掛けた。

「サトや、いるのかい」

「はい、奥さま」

「開けるよ」

返辞を待たずに襖を開けると、サトはあわてて膝まえの物を隠すようにした。亀吉に手を引かれて庭に現れたとき、しっかりと握りしめていた風呂敷包みの中身であったようだ。

「洗い物をしてくれたのだね、ありがとう。起きたら一番にしようと思っていたのだけれど、うっかり寝すごして」

「疲れとったんや思います。あれだけようけの、お客はんがおいでたんやけん」

「寝坊したので、すぐに朝ご飯の支度《したく》をしなければならないの。詳しい話はあとになるけれど、サトはもう一度、うちで働いてもらえないかね」

するとそれほどまでにと驚くくらい、サトはうろたえたのである。

前日、亀吉に見付かって柴折戸のところから逃げ出したし、風呂敷包みを握りしめていた。サトが岩倉家、特にみつを頼って来たことはわかっている。

嫁ぎ先を追い出されたか、逃げ出して来たのはおそらくまちがいあるまい。それも身の廻りの物だけを風呂敷に包んで。実家《さと》にも帰れないだろうから、ここで拒まれたら、野垂れ死にするしかなかったのではないだろうか。

なんとしても置いてもらわねばと思い詰めていたのに、みつからそれを切り出されたのである。それがサトを狼狽《ろうばい》させたにちがいない。

「ええんですか」

そう言ったサトの声は、まるで消え入るようにちいさく、しかも震えていた。

「いいもなにも、お弟子さんが増えたので手が廻りかねてるの。これからは花にも、いろいろと教えなければならないことが多いしね。だれか雇わなければと思ってた矢先だから、サトが働いてくれるなら願ったり叶ったりなのだけど。花もすっかりサトに懐《なつ》いてますからね」

「ほなら、よろしゅうお願いします」

サトは深々と頭をさげた。

「これで安心して旦那さまに話せます」

「あの、旦那さまには、まだ」

「だって、サトに働いてもらうことにしますと言ったあとで、おまえの都合が悪くてだめになれば、旦那さまをがっかりさせるでしょう」

「そんな。……うちは、そんな」

「それから、働いてもらうことになれば、昔のサトを知っているお弟子さんがからかったりするかもしれません。そういうときはムキにならないで、笑ってやりすごすのですよ。腹を立てたりすると、さらにおもしろがってからかうだろうからね」

「はい。うちも、ちっとは強うなりましたけん」

「そう、その意気。もっともっと強くならなくてはね。では、急いで朝ご飯を作りましょう。幸司は食べずに道場の拭き掃除に行ったので、腹を空かしているでしょうからね」

準備はほとんど手間が掛からなかった。

前夜、握り飯のために多めにご飯を炊いておいたので、その残り物があった。また煮付けは酒を飲む人のために、濃い目の味付けにしてあったので傷んではいない。茶を沸かし、味噌汁を作り、香の物を刻めば用意が調ったのである。

道場までサトに幸司を呼びにやらせて、みつは母屋の裏に廻った。ところが源太夫と亀吉の姿が見えない。柴折戸を押して庭に出ると、餌を喰い終わって唐丸籠に入れられた軍鶏に、見入っているところであった。

「ご飯の用意ができました」

すでに母屋にもどったらしく、サトの姿は見えなかった。道場から出て来た幸司が、すぐ横の井戸端で手を洗っていた。

「サトに働いてもらうことにしました」と、みつは小声で源太夫に伝えた。「詳しいことはあとで話します」

「うむ」

源太夫は事情を呑《の》みこんでくれたらしいが、亀吉に聞こえたかどうかはわからなかった。

屋内にもどると、サトに起こされたのだろう、花が顔を洗って口を漱いでいた。前夜、花にしては夜更《よふ》かししたために、どこかまだ寝ぼけた顔をしていた。

サトは嫁ぐまで下女として働いていたので、さほど戸惑うこともなく家族の箱膳を並べ終えていた。奉公人の亀吉とサトは、家族とはべつに台所横の板の間で食事を摂《と》る。

「最初に伝えておくことがありますが、今日からサトに働いてもらうことになりました」

みつがそう言うとサトは、一段低い場所で深々と頭をさげた。

「よろしゅうお願いいたします」

サトの挨拶にだれもがちいさくうなずいたが、一番うれしそうなのは花であった。

みつが胸のまえで両手をあわせて「いただきます」と言うと、ほかの者もちいさく唱えた。

そのようにして、岩倉家の新しい一日が始まったのである。

だがその日は予想していたほど静かでも、のんびりしたものでもなかった。

源太夫とみつは、葬儀らしい大袈裟《おおげさ》なことはおこなわないつもりでいた。四ツになれば恵山に読経してもらい、身内だけで野辺の送りをするつもりだったのである。

前日に来られなかった者が、別れを告げに顔を見せるかもしれない。また正午には正願寺に着くように運ぶと弟子に言っておいたので、途上で待ち受けていて座棺に両手をあわせる者がいてもふしぎはないだろう、その程度に思っていたのだ。

恵山が五ツ（八時）と予定より一刻（二時間）も早く来たのは、源太夫たちと権助のことについて話したいとの思いがあったからだろう。

三ヶ月も道場に住みこみ、権助の援けを借りて巨鯉を針に掛けながら、釣り落としてしまったのだ。だが権助の言葉によって、恵山は立ち直れたのである。当時圭二郎であった恵山にすれば、ほかの弟子たちより権助に対する思いが、遥《はる》かに強くて当然だ。

恵山は座棺の権助に対面し、両手をあわせると、長いあいだ瞑目《めいもく》していた。

亀吉が軍鶏飼いとして権助に師事し、やがてすっかり任されるに至ったのを恵山は知っている。源太夫は亀吉を呼んで、権助が死に至るまでの話をさせた。

恵山と亀吉はそれぞれ関わり方こそちがえ、権助を人生の師として尊敬し慕《した》っていた。だからほかの弟子にはわからぬ、二人にのみ通じる微妙な事柄があるはずだと思ったからである。

源太夫は二人だけの語りあう場としてやりたかったが、自然とそうなったのであった。まだ読経には間があるのに弟子たちが姿を見せ始めたので、その対応があったからだ。それも前日来られなかったとか、あとになって知った弟子だけでなく、通夜に来た者の顔も散見された。それだけ参集者が多かった。

そのほとんどの者が、僧が大村圭二郎改め恵山であることに驚き、目を瞠《みは》った。

最近の弟子にとっては伝説上の人物であったし、ともに道場で汗を流した兄弟子や相弟子、弟弟子にすれば、それこそ懐かしい顔である。だれもが話し掛けたそうであったが、源太夫は「しばらくは二人にしておいてやれ」と目顔で制した。

弔問客は弟子や道場関係者だけではなかった。集まったのがほとんど武士なので、気兼ねしながら入って来た連中がいたのだ。太物問屋《ふとものどんや》「結城屋《ゆうきや》」の隠居惣兵衛《そうべえ》や大工の留五郎《とめごろう》をはじめとした、源太夫や権助にとっては軍鶏仲間と言っていい面々であった。だれもが権助を懐かしみ悼《いた》んだが、とりわけ留五郎の嘆《なげ》きようは見ていて気の毒なほどだ。

駄鶏《だけい》ばかりしか飼っていなかった留五郎は、ともかく軍鶏が好きなので源太夫や権助とは仲が良かった。権助は源太夫が迷った末に残さなかった若鶏のうちから、かなりの素質の持ち主と思われたのを、何度か留五郎に譲ったのである。留五郎が育てるようになってから力を発揮したのがいて、いつしか軍鶏飼いたちに名を知られるまでになっていた。

八畳と六畳の表座敷が人で満ち、濡縁《ぬれえん》や板の間にまで溢れた。幸司が気を利かせて、遊山《ゆさん》のときに用いた茣蓙を何枚も庭に敷いたので、若い弟子はそちらに移った。

新しい客が来るたびに茶を出すので、サトに気付いた古顔がいて当然かもしれない。

「もしかして、サトじゃないのか。あのころは、まるで牛蒡《ごぼう》のように色が黒くて瘦《や》せておったが、随分《ずいぶん》ふっくらして色っぽくなったなあ」

障子越しに聞いていたみつは、おやッと思い、少しだが緊張した。

さり気なくサトが返す。

「ほんなに変わったかいな」

「ああ、変わったとも。変わりようがひどいので、見ちがえるところであったぞ」

「その点、今田《いまだ》はんはまるでお変わりありまへんな」

「そんなことはあるまい。五年もすりゃ人は変わるものだ」

「へえ、どなたはんも変わられます」

「なら、わしも変わったであろう」

「女をからこうておもしろがっとるところは、あのころのままや」

どっと笑いが弾けた。

「今田の負けだ。それも完敗ではないか」

「女を泣かせたことがあると自慢しておったが、これでわかった。さぞや泣いたであろうな、おまえのお袋さんは」

さらなる笑いが起きたので、みつは腐り切った今田の顔が見えるようであった。いいぞいいぞ、サト。これで男どもは、うっかりからかえなくなったと、みつはいくらか安心したのである。

「おお」

「師範代がそろってお出ましだ」

声のしたほうを見ると、柴折戸を押して柏崎数馬《かしわざきかずま》と東野弥一兵衛《とうのやいちべえ》が庭に入って来たところであった。師範代と言ったが、かつての師範代である。仕事が多忙なため数馬はほとんど道場には出られず、弥一兵衛も非番の日に顔を出すくらいだ。

「竹之内《たけのうち》数馬に東野才二郎《さいじろう》、そして大村圭二郎」と、だれかが弟子時代の名前を並べ立てた。「まさか軍鶏道場、いや岩倉道場三羽烏《さんばがらす》の揃《そろ》い踏みが見られるとはな」

恵山が顔をあげて苦笑すると、かつての師範代の二人もやはり苦笑した。

「数馬に才二郎」と、源太夫は当時の名で呼び掛けた。「軍鶏道場の名物男、生き字引の権助、本人は生き地獄と笑っておったが、物識《ものし》りの権助が大往生を遂《と》げおった。別れの言葉を掛けてやってくれ」

源太夫がそう言うと、座棺のまえの客たちが体をずらせたので道ができた。棺桶のまえまで進んだ二人は、遠慮しあって譲りあう。岩倉道場の弟子第一号は弥一兵衛だが、数馬が中老に出世したので遠慮しているのかもしれない。

じれったくなって源太夫は思わず言った。

「折角《せっかく》だ、並んで別れを告げてやってくれんか。権助もそれを望んでおろう」

透《す》かさずだれかが言った。

「だったら、三羽烏が」

思わずという感じで拍手が起きたが、恵山は墨染衣《すみぞめごろも》の袖から出した腕をおおきく振った。

「拙僧はこのあと、大事な役目を控えておりますので」

数馬と弥一兵衛は、座棺のまえに進んで権助の死に顔に見入った。

厳粛《げんしゆく》な雰囲気に包まれ、静寂《せいじやく》の気がその場を覆う。

まるで申しあわせでもしたように、二人はその場に膝を突き、それから正座すると、立ち昇る線香の煙に包まれながら両手をあわせた。かなり長く祈りをささげていたが、終えて頭をさげたのも同時であった。

「和尚さま、時刻となりましたので、すぐに用意をいたします」

幸司はそう言うと、抱えて来た小机を座棺のまえに据え、香炉《こうろ》と抹香《まっこう》入れを並べた。

焼香の用意をしているあいだに、みつが恵山の膝まえに大振りな湯呑茶碗を置いた。

そのとき、そよ吹く風に乗って鐘の音が流れてきた。常夜灯の辻で、時の鐘が四ツを告げたのである。

挨拶をするよう恵山にうながされたが、源太夫にすれば予想外の成り行きであった。まさかこれほどの人が来てくれるとは思ってもいなかったし、家族と亀吉だけで野辺の送りをするつもりだったので、挨拶の用意などしていなかったのである。

しかし、今さら藻掻《もが》いても始まらない。

「本日はご多忙にもかかわらず、かくも多くの方々にご参集いただき、衷心《ちゅうしん》よりお礼を申しあげる。とは言いながら、おおいに驚き、戸惑いを覚えたというのが正直なところで」

前置きにもならないが、取《と》り敢《あ》えずそう言うと、源太夫はおおきく呼吸してから語り始めた。

「権助は父の代からの奉公人で、長年尽くしてくれたがこの度《たび》天寿を全うした。身寄りがないということもあり、われら家族と軍鶏の世話の一切を権助から引き継いだ亀吉とで、静かにあの世に送る心づもりでおり申した。権助とは深い関わりのある正願寺の恵山和尚が経を読んでくれるというので、これに勝《まさ》る回向《えこう》はないとお願いすることにした次第だ」

ところが稽古に来ていた弟子たちの口から逝去《せいきょ》したことが伝わったらしく、弟子をはじめ交流のあった人たちが、通夜に駆け付けてくれた。

「その面々から、弟子たちが権助にいかに励まされ、勇気を与えられ、絶望の中に明かりを見付けることができ、驕りや愚かさに気付かされたかを知って、それがしはおおいに驚かされた。しかも権助は、もっともらしいことを声高に言うのではない。弟子が必要としておるときに、そのひと言を話したと知ったのだ。これでは道場主のそれがしは、師匠面《づら》などできぬではないか」

「それは車の両輪ということぞ、新八郎《しんぱちろう》」

思わずという感じで日向《ひゅうが》道場時代の名で呼んだのは、中老の芦原《あしはら》讃岐であった。丸々と肥《こ》えたこの男、張りのある声は昔時《せきじ》と少しも変わるところがない。

「道場では師匠の新八郎、軍鶏のおる庭では権助と、表と裏で、弟子たちを導いてきたということだ。どちらが表でどちらが裏だったかは、わしゃ知らんがのう」

重職にしては愛敬《あいきょう》のある讃岐は、得意の惚《とぼ》けで座の者を笑わせることも忘れない。

「挨拶と申すにはあまりにもお粗末《そまつ》であったが、お付きあいいただき心よりお礼申しあげる。それでは権助を師と仰《あお》ぐ正願寺の恵山和尚に、経を読んでいただく。焼香は適宜《てきぎ》おこなってもらいたいが、御中老、藩校の教授方というふうに、順にお願いできれば」

池田盤晴と芦原讃岐が顔を見あわせ、目顔で遣《や》りあってからうなずいた盤晴が、座の人たちを見渡しながら言った。

「焼香には順番もあろうが、岩倉道場の名物男権助どのの告別ということゆえ、ここでは世間的なことは無視して、親しき順に願いたい。まずは岩倉家の方々」

ということで幸司がお勝手にみつと花、そしてサトを呼びに来た。遠慮したので強要せず、サトは最後にということになった。

盤晴の案は続いて権助の軍鶏の一番弟子亀吉、あとは岩倉道場の弟子の古い順、軍鶏仲間、最後を讃岐と盤睛で締め括《くく》るというものであった。当然、異論もあったようだが、普段は眠そうに半分瞼のおりた目をした盤睛が、このときばかりは大目玉を見開いたのである。

「ということで願いたいのだが、承知していただけますな」

まさに盤《おおざら》のごとき睛《ひとみ》を引ん剝《ひむ》いたのであった。ジロリと弔問客を見渡すと、だれもが思わずというふうにうなずいたというか、そうせずにはいられなかったようだ。

それを見届けた恵山が、朗々《ろうろう》たる声で厳《おごそ》かに経を読みあげた。

源太夫、幸司、みつ、花、亀吉、そして弥一郎、数馬、弟子たちと焼香が続く。

焼香からもどったみつは、サトと花に手伝わせてお握りを作り続けた。

恵山が予定より一刻も早く来ただけでなく、弟子たちも次々と集まり始めた。弟子の何人かは来るかもしれないと思ってはいたが、予想を遥かに超えていた。しかし今さら料理屋に仕出しを頼んでも、とても間にあいそうにない。

そのため握り飯を作ることになり、またしても大釜でご飯を、となったのである。あとは香の物とお茶で、なんとか急場を凌《しの》ぐことにしたのだ。

恵山には恵山なりの想いがあったのだろう、たっぷりと経を読んだので、終わったのは正午に近い時刻であった。お蔭で全員に行き渡るお握りを用意できて、みつは安堵《あんど》した。

みつ、花、サト、幸司、亀吉、さらには弟子たちが手伝って、あわただしくお握りと香の物を入れた皿を運び、茶を出したのである。

仕事を抜け出して来た者は城内の部署や番所にもどり、自宅に引き揚げた者もいたが、かなりの弟子が正願寺まで従った。

亀吉は軍鶏の世話を理由に残り、みつとサトも片付け物が山ほどあるので寺には行かないことにした。三人は門の所で、座棺を積んだ大八車を手をあわせて見送った。一行が行ってしまうと、寂しいほどの静けさとなった。

六

「働いてもらう初日から思いも掛けない忙しさになって、サトにはすまないね」

「奥さま、ほんなことは。ほれにうちは、体ぁ動かしとるほうがずっと楽やけん」

「そういうことがあるものね、女には。なにもすることがなくて、ただじっとしているのが地獄のように苦しいことがあるけれど、それは女にしかわからないかもしれないね」

サトには意外な言葉であったようだ。

「ほなけんど、奥さまほど幸せなお人は」

「気の毒だ、可哀想だと思われるのが癪で、意地を張って、張り続けていたこともあったのよ」

水音がしなくなった。

皿や碗、そして椀を、ひたすら洗い続けていたサトが、手を休めたからだ。いや、休めたのではない、手が留守になってしまったのである。

それがかなり長いあいだ続き、ふたたび水音がし始めた。洗い物が続く。サトは洗い続けた。

ふたたび水音がしなくなった。

「奥さまはお気付きやと思うけんど、うち逃げて来たん」

「そうだったの」

同情はしても、その示し方は難しくて、場合によっては却って傷を深めてしまうこともある。みつはサトが自分から話し出すのを、我慢強く待つことにした。

サトは弱々しく首を横に振った。

「ほんまは追い出されたん。嫁を追い出したとなると人聞きが悪いけん、うちが逃げ出すしかないように」

「仕向けたのね。でも、逃げたら負けよ。なんとか踏ん張れなかったの」

しばしの間があった。

サトが掠《かす》れた声で言った。

「それがでけるくらいなら、逃げたりせん。逃げるはずがない」

サトの両目から涙が滂沱《ぼうだ》と溢れた。

みつは言葉を喪った。待とうと自分に言い聞かせていたのに、うっかりと口にしてしまったのを、後悔せずにいられなかった。

迂闊《うかつ》ではあったが、そのままにできないのはわかっている。女主人として奉公女の話を聞いてやる、そんな気持が背後にあったからだと思った。聞いてやるのではなく、ここは対等な立場で話しあわなければならないのだと気付いた。

「洗い物をすませましょう、もう少しだからね。仕事にケリが付いたら話しましょう。ぜひ話したいの。サトはわたしとおなじ思いをしたのね、女として」

考えてもいなかった言葉が口を衝《つ》いて、みつは自分でも驚かざるを得なかった。だがサトには理解できなかったようだ。「えッ」と言ったきり、あとの言葉を呑みこむのがわかった。

武家の妻女が奉公女に言うことではないし、見せる態度でもない。だがみつは腹の底から出た言葉だと感じたので、であればそのままにしてはおけないと思った。うやむやにするとか、どこかに押し遣ってしまうことは、自分の気持を裏切り、騙《だま》すことでしかない。であれば、事この場に関しては、世間的なあれこれに囚《とら》われてはならないと思ったのである。

ここにいるのは、みつ、そして、サト。二人の女が、二人の人間がいるだけなのだ。

ようやくのこと多量の洗い物が終わると、みつはサトに茶を淹《い》れさせ、自分は表座敷の六畳間に移った。考えを纏《まと》めておきたいと思ったからだが、床《とこ》の間《ま》があり、つい先ほどまで権助の座棺が置かれていた八畳間では、落ち着けないという気がしたからであった。

サトの話を聞くよりも、先に自分が話すことにしよう、みつはそう決めた。奉公女に話すにふさわしい話題ではないが、それを聞けばサトが話しやすいと考えたからだ。

　茶が出された。

　湯呑茶碗を手にして、みつは一口含んだ。朝からあわただしかったが、ようやくケリが付いたというだけで、気持がすっかり楽になった気がする。

「このわたしほど幸せな人はいない、さっきサトはそう言ったわね」

　さり気なく切り出したが、なにか咎《とが》められるとでも感じたのか、顔が強張るというほどではないが、サトはかなり緊張したようだ。

「今のわたしを見れば、いえ、サトが家《うち》に奉公するようになったときにも、そう映っただろうね。旦那さまは道場主だし、幸司は六歳で健《すこ》やかに育っていた。花が生まれたばかりで目が離せないので、サトに来てもらったのだから」

「こなに幸せなお人の下で働けたら、うちにもおこぼれがあるかもしれん、そう思いました」

「わたしは後添《のちぞ》いの話があったとき、女中代わりだけれど、今の自分には仕方がないのだと諦《あきら》めて嫁いだの。にわかには信じられないかもしれないし、それよりも訳がわからないだろうね、サトには」

　ひと呼吸置いてみつは話し始めた。

ある武具方の三女として生まれたみつは、七歳年上のおなじ武具方に嫁いだ。平凡ではあっても幸せに過ごしていたが、八年添って子が生まれなかったのを理由に離縁され、実家《さと》にもどっていた。

夫には別れる気がなかったようだし、親類から養子をもらってもいいと話したこともあった。ところが、子供が産めないような女は離縁して新しいのをもらえと、上役が強引に話を進めたので止むを得ず従ったらしい。

前夫のもらった後添いは、すぐに子を生《な》したのである。嫂《あによめ》は四人、上の姉は五人、二番目の姉は三人とそれぞれ子宝に恵まれているので、みつは肩身が狭いどころではない。

頼まれて着物を縫ったり近所の娘に裁縫《さいほう》を教えたりしていたが、出もどりで子供が産めない体では、再縁話も纏まらなかった。それでもいいから後妻にとの話もあったが、暴力をふるって何人もの女を逃げ帰らせたとか、酒乱とか、後妻というより介護のための、齢が倍以上も離れた老爺などである。

そこへ話があったのが岩倉源太夫で、みつは尻込みせざるを得なかった。

年齢はそのとき二十八歳のみつより十三歳上の四十一歳で、十年前に妻を亡くしているとのことであった。三十九歳で二十歳の長男修一郎に家督を譲って隠居し、四十一歳となったその年の二月に一刀流の道場を開くとのことだ。

家を継いだ修一郎にはすでに息子が生まれているので、子を産めぬことはなんの問題もない。軍鶏の世話をする老いた下男との二人だから、気楽でだれに気兼ねすることもありません、と仲人《なこうど》はその点を強調した。ということは、ほかにいいところがないと言ったも同然である。

剣の腕が立って、お家騒動の解決に腕を揮《ふる》ったことが知られていたからだろう、開場前なのに五十人を超える弟子が決まっているという。

「つまり、一日三回の食事と、掃除に洗濯をする、女中代わりということだからね」

「ほなけんど、嫁がれた」

サトが強い好奇心に囚われたのがわかったが、当然かもしれない。幸せそのものと映っていた奥さまが、自分とおなじような苦しみを味わったかもしれないとわかったからだ。

「実家は兄夫婦と四人の子供、それで精一杯だから居場所がなかったからね。子供たちがおおきくなるにつれて、自分が一家にとってますますお荷物になるのは、火を見るよりも明らかだもの」

武具方では狭い庭で野菜を育て、卵を得るために鶏を飼う家も多い。非番の日には、あるじが家族の食べる魚を釣りに出掛け、残った者は総出で内職に励む。それが当然なのが組屋敷住まいなのだ。

「ほれは辛いわな」

「だけど、ものは考えようだと思ったの」

「考えようって、なにをどう考えたんで」

「家を息子に譲って分家したでしょう。できたばかりの道場、新しいお弟子さんたち、ということはなにもかも新しく始まるのよ。だったら、考え方を切り換えなければと思ったの。周りは全部男で、女はわたし一人。女中代わりかもしれないけれど、それは自分が求められているってことでもあるのよ」

「え、ええ。まあ、そうやね」

「なによりも、居場所があるのが素晴らしいではないの。肩身の狭い思いをしなくていいのだから。すべてが新しいとなれば、自分の考えが活かせるはずでしょ。母屋と道場と、そのあいだに広い庭がある。母屋の南はお濠で、門のまえはだだっぴろい調練の広場。両隣は空き地だから、組屋敷のような煩わしい近所付きあいもない。良いことと悪いことを数えあげたら、良いことが悪いことの三倍くらい多いことに気付いたの」

「踏ん切ったんやね。ほなけん、人も羨《うらや》むような」

「羨んでいる人がいるかどうかはわからないけれど、思い切って嫁いで良かったと思ってるの。それだけではなかった」

「あッ」と、サトが思わず口を塞《ふさ》いだ。「幸司若さまにお花お嬢さま」

「そうなの。添って八年も恵まれず、子供は産めなくてもいいと言われて嫁いだのにね。旦那さまが上意討ちと言って、殿さまに命じられて人を斬らねばならないことがあったの。ところがその相手の子供が身寄りをなくしたので、自分たちで育てることにしてね。それが市蔵で、元服《げんぷく》して龍彦となり長崎に勉強に行っているわ」

かなりの沈黙があってから、サトはつぶやいた。

「だったら、うちも」

あまり期待させてもいけないし、持って行きようによっては、夢を打ち砕くことにもなりかねない。みつは慎重に言葉を選んだ。

「悪いほう悪いほうへと考えるようになると、そうなってしまうかもしれない。では良いほう良いほうへとばかり思いを持って行くと、そうなればいいけれど、ならなかったときに立ち直るのは難しい。ただ、考え方を切り換えると、新しい道が切り開けるかもしれないでしょ」

「ほうやね、奥さまのおっしゃるとおりかもしれまへん」

「わたしは今の旦那さまに嫁ぐとき、矮鶏になればいいのだと自分に言い聞かせたの」

サトは思わず噴き出してしまった。武家の妻女が自分を矮鶏に喩《たと》えたことが、突拍子《とっぴょうし》もなくおかしかったからだろう。

軍鶏の雌鶏《めんどり》は雄鶏《おんどり》ほどではないが、胸が分厚く肩幅も広い。脚は太くて長い、いや太すぎて長すぎるのに、翼が短いため卵を抱いて孵すことができないのである。「結城屋」の隠居惣兵衛は、雌鶏の体温とおなじ温かさを保てる孵卵器《ふらんき》を手造りしているほどだ。

源太夫は矮鶏の雌鶏にその役をさせていた。脚は極端に短いが、それに比して矮鶏は驚くほどおおきな翼を持っている。そのため軍鶏の卵を八個から十個も抱いて、孵すことができた。

「矮鶏よ、矮鶏。自分には五十人もの子供がいるのだ、お弟子さんを全部自分の子供だと思えばいいではないかと思ったのよ。矮鶏になってお弟子さんたちを全部、自分の翼で護ってあげようって」

「無茶苦茶やね」

「でしょう。サトもそう思うでしょ。でもその無茶苦茶さが、なんだって受け容れてやるという割り切りが、二人の子供を授かったことに繋がったかもしれないと思うの」

「うちは三年やもん。奥さまは八年。諦めたらあかんね」と言ってから、サトはあわてて言った。「許してつかさい。奥さまに、まるで友だちみたいな口を利いてしもてからに」

「いいのよ、サト。二人だけのときはね。今はいいの。でも、人がいるときには気を付けないといけませんよ」

「はい、そうします。うち、ここで働きたいけん。働かせてもらいたいけん、奥さまには迷惑は掛けんようにします」

「さっき三年って言ったけれど、するとサトも」

「へえ。嫁《か》して三年、子なきは去れ、って」

十二歳で岩倉家に奉公に出されたくらいだから、サトの生家は貧しい。弟妹を食べさせるためには、口減らしをしなければならなかったのだ。

男の場合、商家での奉公や職人への弟子入りは、十年のタダ働きを終えて、さらに一年のお礼奉公をすませると、翌年からようやく給銀が支給される。ところが女の場合は、子守奉公や下働きであろうと、雀の涙ほどであっても小遣いがもらえるし、無事に一年を勤めて二年目に入ると、いくらかは手当ても出るようになる。

サトは滅多《めった》にない休みの日には、かならず幼い弟妹《ていまい》のために駄菓子などを買って帰った。本人は知りもしなかったが、弟妹思いで親孝行な娘だと、いつしか評判になっていたのである。

奉公を始めたころには痩せて色も黒いので、牛蒡とからかわれたくらいであった。ところが次第に娘らしくふっくらとし、色も白くなったのである。

女主人のみつは厳しくはあったが、ちゃんとできなかったときには叱《しか》っても、細々と文句を言う人ではなかった。そのため、伸び伸びと働けたからかもしれない。卑屈さなど感じさせない、すなおで明るい娘に育っていたのである。

五年目になるとサトは貯めていた手当てを叩《はた》いて、母のために安価なものではあったが反物《たんもの》を土産《みやげ》に帰った。弟妹も順に奉公に出ていたので、一番下の弟には菓子を買ってやったのだが、そのサトを見初めたのが土地の百姓の長男であった。

百姓と言ってもサトの実家のような、いわゆる水飲み百姓ではない。田畑を持ち使用人も抱えた裕福な、土地の世話役も務める大百姓である。

あまりにも格がちがいすぎるのを理由に、両親もサトも断ったのだが、相手の母親がすっかり気に入ってしまった。親孝行だと評判を呼んだのが、とりわけお気に召したらしいのである。

なおも熱心に乞われてそれ以上断れなくなり、サトは嫁入りした。わずかな物を持っただけで、嫁入り道具など一切は相手が買いそろえてくれた。玉《たま》の輿《こし》に乗ったサトを、親類や在所の人たちはこぞって祝ってくれたのであった。

嫁入り後もサトの評判は良かったし、姑《しゅうとめ》との仲も順調であった。サトは実の親に対するように尽くしたが、五年間武家奉公しただけに躾《しつけ》が行き届き、礼儀作法ができていると姑が自慢するくらいであったのだ。

まる一年が経ったころ、なにかのときに姑が「そろそろ孫の顔が見たいものだね」と言ったのが、サトにとって少し負担となった。

二年目に、サトの婚儀の半年後に嫁入りしたその家の長女が、丸々とした男児を出生したのである。姑の羨ましがりようが、サトの心に突き刺さった。

三年目になると、孫はまだかねと訊く頻度《ひんど》が増えた。そしてなぜわかるのかふしぎでならないが、「今度も月経《つきのもの》があったようだね」と、残念でならぬという顔でつぶやくのであった。それもあった日に言うので、サトは不気味さに全身が総毛立った。

ある日、姑が親類の女とひそひそと話しているのを、サトは聞いてしまった。盗み聞きする気など毛頭《もうとう》なかったが、いかにも秘密めかしているので、つい耳をそばだててしまったのだ。

「さすがに丸三年になれば、考えにゃならんと思うとります」

深い穴に突き落とされた思いであった。

そして三年がすぎて四年目に入ったある日、朝食の用意をしていたサトは姑に呼び付けられたのである。姑だけでなく、舅《しゅうと》とサトの夫もいたが、二人は目を閉じて腕を組んでいた。

「嫁としてはよく働き、尽くしてもらいましたが、サトには今日限りこの家を出てもらいます」

なんらかのことは言われると覚悟していたが、サトにとってはまさに青天の霹《へき》靂《れき》であった。

「なぜですか。その訳を話してください」

「こういうことはとても口にできんことやし、サトにはわかっとると思いますがな」

「子供がでけんくらいで、いくらなんでもその仕打ちは酷《むご》すぎます」

「ああ、そう言えば子供はまだやったねえ。ほなけんど、五年も六年もして生まれた人もおります。そんなことを言っとるのではありまへん」

「だったら、なんでです」

親類の女と、ひそひそと話していたではないか。なぜ白々しく打ち消すのか、サトには訳がわからない。

「さっきも言いましたけんど、サトにはわかっとるはずです」

「…………！」

「胸に手を当てて、よう考えてみなはれ」

「考えるもなにも」

「そこまで白《しら》を切るなら、言いまひょう。淫《みだ》らな女はわが家《や》には置けまへんのや」

七

一気に頭に血が昇ったのか、サトは目のまえが真っ赤になった気がした。

「淫らって、なんのことです」

「惚《とぼ》けるにもほどがある」

身に覚えのないことを言われて、サトは驚愕《きょうがく》するよりも呆れてしまった。小作人の男と密通したと言うのである。その名前を聞いてサトは耳を疑ったが、なぜなら毛嫌いしていた、顔を見るのも厭《いや》な男だったからだ。

ときおり視線を感じてそちらを見ると、その男がサトの体を舐《な》めるように見ていることがあった。何度もそんなことがあったが、だからと言って夫に言えることでもないので、無視していたのである。

「ほんな女でないことは、おまえさまが一番おわかりのはずやね」

夫に縋《すが》り付くような目を向けたが、俯《うつむ》いて口の中でもごもごと、意味のわからぬことを言っただけだった。

「なんで、ちゃうと言うてくれまへんの」

「言えまへんのや」と、姑が吐き捨てた。「言いたくても言えまへんのや」

「どういうことです。なんで、ほんな嘘が言えますのや」

「義理とは言え母親である者を、嘘吐《つ》き呼ばわりしますのか、嫁の分際《ぶんざい》で。庇《かば》えるならそうしたいもんじゃが、男が白状してしもうてはなあ」

「なにが言いたいんかいな。なんでお義母《かあ》はんは、ほんな訳のわからんことばかり」

「ほうまで居直るんなら、本人に話してもらわにゃしゃあないな」

姑が声を掛けると、襖を開けて隣室から入って来たのは、サトが毛嫌いしている、顔を見るのも厭な男だった。

そこに至ってサトは、すべてを理解することができた。

隣室に男を待たせていたということは、姑が仕組んだ狂言だということにほかならない。おそらく男が好色な目でサトを見ていたのを知っていて、金を掴ませて懐柔《かいじゅう》したにちがいない。

そして男が白状したことで、それを疑う理由を思い付けぬ夫と舅は、黙るしかなかったということだ。

子供ができないのを理由に離縁したいが、それでは外聞《がいぶん》が悪いので、姑が企んだ筋書きだとサトにはわかった。

サトはなにも言わず、瞬《まばた》きもせずに姑を睨み付けた。姑も負けずと睨み付ける。目を逸《そ》らしたほうが負けだと知っているので、双方が目を逸らさない。

突然、サトは堪《たま》らぬ虚《むな》しさに襲われた。絶対に修復不可能だとわかったからだ。

せめて夫がサトはそんな女でないと庇ってくれたら、それだけでも我慢できただろう。だが夫の援護はなかった。ということは、信じられぬと思ったかもしれぬが、結局は男の告白を認めたということだ。母親の術中に嵌まったということである。

その間も男は得意になって、サトとのありもしない媾合《まぐわい》を喋《しゃべ》り続けていたのである。何月何日の何刻ごろ藁置き小屋で、それもサトは一度で満足せずに二度も三度も、とか、仕事の段取りを聞こうと母屋に寄ったら、亭主も義母もいないからとサトが着物を尻まくりにして背後からさせたとか、よくもと思うほど喋り続けたのであった。

サトは席を蹴って部屋を出た。

姑の思う壺《つぼ》なのはわかっていたが、その顔を見ることはおろか、毛嫌いしている男とおなじ場にいること自体が、どうにも我慢できなかったのだ。

自分の部屋に入ると、着ている物を脱ぎ捨て、しかしそのままでは癪なので、丁寧に折り畳んだ。それから素早く、嫁入りのときに持って来た着物に着替えたのである。

そして自分の持って来たものを風呂敷に包んだが、その少なさに思わず涙が出そうになった。だが泣かなかった。泣くに泣けなかったのである。

婚家を飛び出したサトは懸命《けんめい》に歩き続けた。一刻も早く、一間《けん》いや一尺《しゃく》、一寸でもその家から離れたかった。

実家には帰れない。玉の輿に乗ったと祝福され、送り出されたのだ。

おそらく実家には、間男したので離縁しましたとの報告が行き、両親が嘆き悲しむことになるだろう。かつての孝行娘は、類を見ない親不孝娘と貶《けな》されるに決まったも同然である。

十二歳で奉公に出たサトには、おなじ在所になにもかも打ち明けられるような友はいなかった。可愛《かわい》がってくれた親類もない訳ではないが、一時は受け容れてくれても、直ちに針の筵に坐らねばならなくなるのは自明だ。

早足でひたすら歩き続けていたサトの足が不意に停止し、つんのめるように立ち止まった。

頭の中に、嫁入りまえに奉公していた岩倉家、みつや源太夫、市蔵、幸司、花、権助と亀吉の顔しか浮かんでいないのに気付いたのである。そしてサトの足は一直線に、園瀬の里の岩倉家を目指していた。

自分にはあそこしかないのだ。突然、その思いが頭を占めた。だが、もし受け容れてくれなかったら……。

いや、そんなはずはない。みつ奥さまはサトを受け止めてくれる。わかってくれるはずだ。わかってくれないことがあろうか。

いつの間にか、ふたたび歩き始めていた。

腹が音を立てて鳴った。

通り掛かった家から昼食のだろう、味噌汁の匂いが漂ってきたのだ。サトは前夜の夕食から、なにも食べていないのを思い出した。今朝、朝食の準備をしていて、姑に呼び付けられたのである。だが、それは些細《ささい》なことでしかない。べつの強い不安に襲われたのである。

サトのあとに、新しい下女が奉公しているかもしれない、その不安が急激に膨《ふく》れあがったのであった。

空腹と朝から歩き続けたことで、ときどき風景が色を喪うような気がすることがあった。流れ橋を渡って坂を上り、大堤《おおづつみ》の上に立ったとき、水田の向こうに鉄砲組や弓組の組屋敷があり、濠の向こう、石垣の上に岩倉家と道場が見えた。心が、胸が、体中が、懐かしさではち切れそうになるのをサトは感じた。

常夜灯の辻からだと遠廻りになるので、畑中の道を通り抜け、明神橋《みょうじんばし》を渡った。右に厩町《うまやまち》、左に堀江丁、次の角を左に曲がると、やがて右前方に調練の広場が、ほどなく左手に柱が二本立てられた岩倉家の門が見えた。

門を入ると目のまえは庭で、左手に生垣が巡らされて母屋がある。生垣の北側塀寄りと南側濠寄りには、柴折戸が設けられていた。

懐かしさで胸が詰まった。

濠寄りの柴折戸に向かいながら、サトはザワ付きを感じ、なんとなく落ち着きを失くしかけていた。

理由はわかった。表座敷にたくさんの人の姿が見えたのである。そして座棺らしきものがチラリと見えたので、サトは自分がとんでもないところに来あわせたのを知った。

だれかが亡くなったのだ。だれだろうと思いながらその場を離れ、すぐに足音に気付いた。亀吉とわかったときには右手を摑まれていた。

「権助はんが亡《の》うなった」

驚きに言葉も出なかった。

亀吉はなにも言わず、手を引いて柴折戸から庭に入る。

みつも驚いたようだが、すぐに事情を察したらしく、サトを連れてお勝手に廻るよう亀吉に命じた。

お勝手ではみつが茶碗にご飯をよそっていた。朝からなにも食べていないことまでは知らなかっただろうが、みつはサトが空腹なのをひと目で見抜いていたのである。

なにもかも正直に打ち明けよう。みつ奥さまはきっとわかってくれるはずだ、サトは改めてそう思った。

通夜があり、サトには目の廻るようにあわただしい葬儀がおこなわれた。権助の座棺を載せた大八車が正願寺に向かった。

そしてようやくのことみつと二人きりになれて、サトは思いの丈《たけ》を打ち明けることができたのである。

みつの両手がサトの右手を、その掌《てのひら》をそっと包みこんだ。やわらかくてひんやりとした、心がおだやかになる心地よさがあった。

「サトに見せたいものがあるの」

「うちに、ですか」

「そう。それも、今のサトにぜひとも」

みつはサトの右手を両手で包んだまま立ちあがった。

二人は座敷を出て庭下駄《にわげた》を履《は》いた。

柴折戸を押して庭に出ると、振り返った亀吉がふしぎそうな顔で二人を見た。みつがサトの手を取っていたからだろう。

亀吉は唐丸籠のまえに立っていたが、その顔がどことなく、それまでとちがって感じられた。

籠に入れられた猩々茶《しょうじょうちゃ》と呼ばれる赤み掛かった褐色《かっしょく》の軍鶏が、翼を持ちあげるようにして体を震わせた。

「なんだか寂しそうね」

みつに言われた亀吉はおおきくうなずいた。

「寂しいですわ。この庭に権助はんがおらんと、こんなに寂しいもんだとは思いもせなんだ。ほれなのに、軍鶏の世話をしとると、杖を突いた権助はん、わいのお師匠はんが、じっと見てくれておるような気がしてならんのです」

「そうだねえ。この庭は権助の庭みたいなものだから。権助の庭、か。でもね、いつか亀吉の庭になりますよ。あ、そうだ。サトにいいものを見せてあげようと思ったんだけど、亀吉にも見せたい、いいえ、ぜひ見てもらいたいの」

サトの手を摑んでいた手の片方を離すと、その右手でみつは亀吉の左手を握った。そして二人を、庭の隅のほうに連れて行ったのである。そうしながら、みつはサトの手が小刻みに震えるのを感じ、思わずその顔を見た。

「どうしたの、サト」

「思い出したん」

「なにを」

「権助爺さんに盆踊りに連れて行ってもろうたときのこと。亀吉つぁんが権助はんの右手に、うちが左手に。今とおなじやった」

サトはまえにも語ったことのある話を、繰り返そうとして中断した。手の震えが次第に激しくなり、みつに握られた手を振りほどくと、両手で顔を覆ってしゃがみこんでしまった。

「まるで小娘やなあ」

呆れたように亀吉が言った。

そのままにして、そっと待ちましょう、とみつは目顔で亀吉に伝えた。

サトは哀しくて泣いているのではない。

うれしくて泣いているのだ。

いや、哀しいのだが、単に哀しいだけではないのだろう。うれしさと哀しさが綯《な》い交《ま》ぜになって、涙を流さずにいられないにちがいない、とみつは思った。

サトが立ちあがった。

「ごめんな。うち恥ずかしい」

涙を拭《ぬぐ》いもしないでみつを見たが、笑顔が眩《まぶ》しいほどであった。

「そこです」

みつが示したのは敷地の角に近い場所で、こんもりと盛りあがっている。

「軍鶏塚やないですか」

鶏合わせは激しいので、出血多量で死ぬこともあれば、致命的な怪我のために軍鶏として再起不能となる場合もあった。また八羽から十羽孵った雛で、闘鶏用に残せるのは一羽ほどであった。ときには一羽も残せないこともある。

そんな雛や若鶏を、権助はなんとかして人に譲るようにしていた。だが貰《もら》い手《て》がないとか、駄鶏すぎると処分しなければならない。その辛い仕事は権助の役目だったが、これからは亀吉が引き継ぐことになる。

権助は処分しなければならなかった軍鶏を塚に葬って、両手をあわせるのであった。

「見せたいのは、見てもらいたいものは軍鶏塚ではありません」

そう言ってみつが指差したのはまだ若い桜の木で、大人の腕よりは太いだろうか。すでに花は散って、若葉がほぼ伸び切ったところだ。

「ご覧なさい」

そう言って、みつは今度は桜の根元を指差した。切り株だった。若い桜は切り株の横手から芽を出し、一本の桜に育ったのである。

「きれいな花を咲かせる、それは見事な桜だったけれど、雷が落ちて幹が裂けてしまいました。旦那さまが残念がってね。毎年、お濠の向こう岸に見物人が集まるほど、園瀬の里の人たちには知られていた桜だったから」

落雷によって無惨《むざん》に引き裂かれ、一部が焦《こ》げた幹をじっくりと見てから、残った幹や根元を念入りに調べていた権助が、しばらく考えてから言った。

「なんとかできるかもしれません」

権助は鋸《のこぎり》を持ち出すと、方向や角度、地面からの高さなどを何度もたしかめていた。それから何度かに分けて太い枝や、裂けた幹などを挽き切《ひき》った。人の背丈くらいの高さで幹を切ると、最後に地面から六寸（一九センチメートル弱）の位置を、水平に挽いたのである。

そのうちにだれも、そんなことは忘れてしまった。

一年がすぎ、桜の蕾《つぼみ》がそろそろ膨らむという、弥生のある日のことである。軍鶏のようすを見ようと庭に出た源太夫を、権助が待ち受けていた。

「なんとかなりますよ」

言われて源太夫は思いを巡らせたが、けがの回復が遅れているとか、調子を落としたとか、過労気味とかの軍鶏に、心当たりはなかった。

権助を見るとまさに好々爺《こうこうや》で、能面の翁《おきな》のような顔が笑いに溢れている。源太夫が訳がわからず怪訝《けげん》な顔をすると、権助は先に立って歩き始めた。あとに続いた源太夫は、軍鶏塚の近くまで来てようやく思い当たったのである。

「桜か」

「桜です」

「芽が出たのだな」

「芽が出ました」

「すると、大丈夫だな」

「大丈夫だと思います」

「思いますとは頼りない」

「多分」

「大丈夫だと言い切ってくれ、権助の口からそれを聞かんと安心できん」

源太夫はその答えを知っておりながら、敢《あ》えて聞いたのである。だから権助は焦《じ》らしたのだが、この主従、たまに子供っぽい一面を見せることがあった。

「権助が旦那さまに見せたのは、古い幹の横手から芽を出して、まさに開こうとしている最初の双葉だったの。ひこばえ、って言うそうです」

「ひこばえ」

亀吉とサトが同時につぶやいた。

「そう、ひこばえ。双葉だったのに、こんなに立派な若木に育ちました。あと何年か、何十年かしたら、濠の向こう岸に見物人が集まるようになるでしょうね」

みつは思った。

亀吉は切り株を権助、若木をその教えを引き継いだ自分だと見るだろう。

サトはサトで、切り株は婚家を出るまでの自分、若木をこれからの自分の姿と見るのではないだろうか。

二人に同時に、切り株と若木を見せることができてよかった、とみつは心から思ったのである。これからの長い人生には山もあれば谷もあるだろうが、ときどきは権助とともに、ひこばえの桜を思い出してくれるかもしれない、と。

門の辺りが騒々しくなったのは、野辺の送りをすませた人たちがもどったからだろう。話し声に、大八車の車輪が砂利《じゃり》を嚙む音が混じっている。

「さ、サト。みなさんがおもどりだから、お茶とお菓子の用意をしましょう」

「はい」

「亀吉も軍鶏の餌の用意が終わったら、お茶を飲みにおいで」

「へい」

きびきびした動作で亀吉は鶏小屋に向かう。

「権助爺さん、すごい人やったんやねえ」

しみじみとサトが言った。

羽化　新・軍鶏侍

一〇〇字書評

切・り・取・り・線

購買動機（新聞、雑誌名を記入するか、あるいは○をつけてください）

□（　　　　　　　　　　　　）の広告を見て
□（　　　　　　　　　　　　）の書評を見て
□ 知人のすすめで　□ タイトルに惹かれて
□ カバーが良かったから　□ 内容が面白そうだから
□ 好きな作家だから　□ 好きな分野の本だから

・最近、最も感銘を受けた作品名をお書き下さい

・あなたのお好きな作家名をお書き下さい

・その他、ご要望がありましたらお書き下さい

住所	〒				
氏名		職業		年齢	
Eメール	※携帯には配信できません	新刊情報等のメール配信を 希望する・しない			

この本の感想を、編集部までお寄せいただけたらありがたく存じます。今後の企画の参考にさせていただきます。Eメールでも結構です。

いただいた「一〇〇字書評」は、新聞・雑誌等に紹介させていただくことがあります。その場合はお礼として特製図書カードを差し上げます。

前ページの原稿用紙に書評をお書きの上、切り取り、左記までお送り下さい。宛先の住所は不要です。

なお、ご記入いただいたお名前、ご住所等は、書評紹介の事前了解、謝礼のお届けのためだけに利用し、そのほかの目的のために利用することはありません。

〒一〇一－八七〇一
祥伝社文庫編集長　坂口芳和
電話　〇三（三二六五）二〇八〇

祥伝社ホームページの「ブックレビュー」からも、書き込めます。
www.shodensha.co.jp/bookreview

祥伝社文庫

羽化《うか》　新《しん》・軍鶏侍《しやもざむらい》

令和元年9月20日　初版第1刷発行

著者　野口《のぐち》卓《たく》
発行者　辻　浩明
発行所　祥伝社《しようでんしや》
東京都千代田区神田神保町3-3
〒101-8701
電話　03（3265）2081（販売部）
電話　03（3265）2080（編集部）
電話　03（3265）3622（業務部）
www.shodensha.co.jp

印刷所　萩原印刷
製本所　ナショナル製本
カバーフォーマットデザイン　中原達治

 ISBN978-4-396-34565-5 C0193

祥伝社文庫の好評既刊

野口卓
軍鶏侍《しゃも》

闘鶏の美しさに魅入られた隠居剣士が、藩の政争に巻き込まれる。流麗な筆致で武士の哀切を描く。

野口卓
獺祭《だっさい》　軍鶏侍②

細谷正充《ほそやまさみつ》氏、驚嘆！　侍として峻烈に生き、剣の師として弟子たちの成長に悩み、温かく見守る姿を描いた傑作。

野口卓
飛翔　軍鶏侍③

小椰治宣《おなぎはるのぶ》氏、感嘆！　冒頭から読み心地抜群。師と弟子が互いに成長していく成長譚としての味わい深さ。

野口卓
水を出る　軍鶏侍④

源太夫の導く道は、剣のみにあらず。強くなれ――弟子、息子、苦悩するものに寄り添う軍鶏侍。

野口卓
ふたたびの園瀬　軍鶏侍⑤

軍鶏侍の一番弟子が、江戸の娘に恋をした。美しい風景の故郷に一緒に帰ることを夢見るふたりの運命は――。

野口卓
危機　軍鶏侍⑥

園瀬に迫る公儀の影。もしや、狙いは祭りそのもの？　民が待ち望む盆踊りを前に、軍鶏侍は藩を守れるのか⁉

祥伝社文庫の好評既刊

野口 卓
遊び奉行 軍鶏侍外伝
遊び奉行に降格させられた藩主の側室の子・九頭目一亀《くずめいっき》。その陰には、乱れた藩政を糺《ただ》すための遠大な策略が！

野口 卓
猫の椀
「短編作家・野口卓の腕前もまた、嬉しくなるほど極上なのだ」——縄田一男氏賞賛。江戸の人々を温かく描く短編集。

鳥羽 亮
野口 卓
藤井邦夫
怒髪《どはつ》の雷《かみなり》
非道な奴らは許せない！ ときに己を奮い立たせ、ときに誰かを救う力となる——怒りの鉄槌が悪を衝《つ》く！

野口 卓
師弟 新・軍鶏《しゃも》侍
老いを自覚するなか、息子や弟子たちの成長を透徹した眼差しで見守る岩倉源太夫。人気シリーズは、新たな章へ。

野口 卓
家族 新・軍鶏《しゃも》侍②
気高く、清々しく園瀬に生きる。淡々と、しかしはっきり移ろう日々に、家族の姿を浮かび上がらせる珠玉の一冊。

辻堂 魁
暁天《ぎょうてん》の志 風の市兵衛 弐《に》㉑
市中を脅かす連続首切り強盗の恐怖が迫るや、市兵衛は……。大人気シリーズ新たなる旅立ちの第一弾！

祥伝社文庫の好評既刊

辻堂　魁
修羅《しゆら》の契《ちぎ》り　風の市兵衛　弐《に》㉒
病弱の妻の薬礼のため人斬りになった男を斬った市兵衛。男の子供たちを引きとり、共に暮らし始めたのだが……。

辻堂　魁
銀花　風の市兵衛　弐《に》㉓
政争に巻き込まれた市兵衛、北へ――。そこでは改革派を名乗る邪悪集団が私欲を貪り、市兵衛暗殺に牙を剝いた！

辻堂　魁
縁の川　風の市兵衛　弐《に》㉔
《鬼しぶ》の息子・良一郎と幼馴染みの小春が大坂へ欠け落ち⁉　市兵衛が大坂へ向かうと不審な両替商の噂が…。

辻堂　魁
天満橋《てんまばし》まで　風の市兵衛　弐《に》㉕
米騒動に震撼する大坂・堂島蔵屋敷で手代が不審死を遂げた。さらに市兵衛をつけ狙う凄腕の刺客が現れた！

尾崎　章
替え玉屋慎三
化粧と奸計で悪を誅する裏稼業。騙し騙して最後に笑う稀代の策士、その名は慎三！　驚愕の時代小説デビュー作。

今村翔吾
火喰鳥《ひくいどり》　羽州《うしゆう》ぼろ鳶《とび》組
かつて江戸随一と呼ばれた武家火消・源吾《げんご》。クセ者揃いの火消集団を率いて、昔の輝きを取り戻せるのか⁉

祥伝社文庫の好評既刊

今村翔吾
夜哭烏《よなきがらす》
羽州ぼろ鳶《とび》組②

「これが娘の望む父の姿だ」火消としての矜持を全うしようとする姿に、きっと涙する。最も〝熱い〟時代小説！

今村翔吾
九紋龍《くもんりゅう》
羽州ぼろ鳶《とび》組③

最強の町火消とぼろ鳶組が激突⁉　残虐な火付け盗賊を前に、火消は一丸となれるのか。興奮必至の第三弾！

今村翔吾
鬼煙管《おにきせる》
羽州ぼろ鳶《とび》組④

京都を未曾有の大混乱に陥れる火付犯の真の狙いと、それに立ち向かう男たちの熱き姿！

今村翔吾
菩薩花《ぼさつばな》
羽州ぼろ鳶《とび》組⑤

「大物喰いだ」諦めない火消たちの悪あがきが、不審な付け火と人攫いの真相を炙り出す。

今村翔吾
夢胡蝶《ゆめこちょう》
羽州ぼろ鳶《とび》組⑥

業火の中で花魁《おいらん》と交わした約束――。消さない火消の心を動かし、吉原で頻発する火付けに、ぼろ鳶組が挑む！

今村翔吾
狐花火《きつねはなび》
羽州ぼろ鳶《とび》組⑦

水では消えない火、噴き出す炎、自然発火……悪夢再び！　江戸の火消たちは団結し、全てを奪う火龍に挑む。

祥伝社文庫の好評既刊

今村翔吾
玉麒麟《ぎょくきりん》 羽州ぼろ鳶《とび》組⑧
真実のため、命のため、鳥越新之助《とりごえしんのすけ》は江戸の全てを敵に回す！ 豪商一家惨《ざん》殺《さつ》の下手人《げしゅにん》とされた男の運命は？

今村翔吾
双風神《ふたつふうじん》 羽州ぼろ鳶《とび》組⑨
最悪の災禍、火炎旋風〝緋鼬〟。東と西、武士と町人、反目しあう町火消は大坂の地で心を一つにする！

有馬美季子
縄のれん福寿《ふくじゅ》 細腕お園《その》美味草紙
〈福寿〉の料理は人を元気づけると評判だ。女将・お園の心づくしの一品が、人と人とを温かく包み込む江戸料理帖。

有馬美季子
さくら餅 縄のれん福寿②
生みの母を捜しに、信州から出てきた連太郎《れんたろう》。お園の温かな料理が、健気《けなげ》に悩み惑う少年を導いていく。

有馬美季子
出立《でた》ちの膳 縄のれん福寿③
一瞬見えたあの男は、失踪した亭主なのか。落とした紙片に書かれた謎の食材を手がかりに、お園は旅に出る。

有馬美季子
源氏豆腐《げんじどうふ》 縄のれん福寿④
〈福寿〉に危機が⁉ 近所に出来た京料理屋に客を根こそぎ取られた。だがお園は信念を曲げず、板場に立ち続ける。

〈祥伝社文庫　今月の新刊〉

渡辺裕之
血路の報復　傭兵代理店・改
男たちを駆り立てたのは、亡き仲間への思い。狙撃犯を追い、リベンジャーズ、南米へ。

深町秋生
PO《プロテクションオフィサー》　守護神の槍
警視庁身辺警戒員・片桐美波
「警護」という、命がけの捜査がある——。闘う女刑事たちのノンストップ警察小説！

柴田哲孝
KAPPA
何かが、いる……。河童伝説の残る牛久沼に、釣り人の惨殺死体。犯人は何者なのか!?

西村京太郎
十津川警部　わが愛する犬吠《いぬぼう》の海
ダイイングメッセージは何と被害者の名前!?銚子へ急行した十津川に、犯人の妨害が！

笹沢左保
異常者
〝愛すること〟とは、〝殺したくなること〟男女の歪んだ愛を描いた傑作ミステリー！

花輪如一
詐話師《さわし》　平賀源内
万能の天才・平賀源内が正義に目覚める！騙して仕掛けて！　これぞ、悪党退治なり。

睦月影郎
あられもなく　ふしだら長屋劣情記
艶やかな美女にまみれて、熱帯びる夜——。元許嫁との一夜から、男の人生が変わる。

野口　卓
羽化《うか》　新・軍鶏侍
偉大なる父の背は、遠くに霞み……。道場を継ぐこととなった息子の苦悩と成長を描く。

山本一力
晩秋の陰画《ネガフィルム》
時代小説の名手・山本一力が紡ぐ、初の現代ミステリー。至高の物語に、驚愕必至。